KB274912

코다

내가 살아가는 두 세계

이가라시 다이
지음

서지원
옮김

타라

일러두기

1   이 책의 제3화, 제6화, 제13화, 제16화, 제22화, 제23화, 제26화는 『허프포스트』에 게재된 기사를 수정한 내용입니다.

2   본문 내 각주는 모두 역자주입니다.

3   이 책에서 필담은 대괄호, 문자 메시지는 홑화살괄호, 구화는 돋움체 폰트, 수어는 줄표로 구분하여 표시합니다.

나는 귀가 들리지 않는 부모님 밑에서 태어났다. 아버지는 유소년기에 앓았던 질병이 원인이 되어 청력을 잃은 후천성 청각장애인이고 어머니는 태어나면서부터 소리를 모르는 선천성 청각장애인이다. 청각장애가 있는 부모에게서 자란 들리는 아이를 Children of Deal Adult, 줄여서 코다 CODA 라고 부른다. 내가 이 단어를 안 것은 성인이 된 이후였다. 어렸을 때만 해도 들리지 않는 부모에게서 자란 아이는 나 정도밖에 없으리라 굳게 믿었다.

나는 언제나 외톨이였다. 나의 환경이 싫었고 들리지 않는 부모님이 원망스러웠다. 중도 실청자인 아버지와는 음성으로 소통할 수 있지만 어머니는 소리를 전혀 모른다. 그래서 유독 어머니가 불편하고 꺼려졌다. 어머니가 태어났을 때부터 듣지 못한다는 사실은 그 누구도 몰랐으면 했다. 심지어 창피함마저

음성 언어를 획득하고 나서 청각장애를 얻은 사람을 가리킨다.

느꼈다.

　장애인과 그 가족은 늘 평범하지 않다는 사회의 시선을 온몸으로 받는다. 그렇기에 평범하기를 바라고 또 바랐다. 어린 나에게는 아주 괴로운 일이었다. 몰이해로 인하여 필요 이상으로 상처받기도 했다. 듣지 못하는 어머니 때문이라는 생각이 점점 커져만 갔다. 하지만 모순되게도 어머니를 사랑하는 마음은 그보다 더 컸다. 나는 사랑하는 마음과 미워하는 마음 사이를 갈팡질팡하며 때로는 어머니에게 심한 상처를 주기도 했다. 장애인 부모 따위 싫다며 어머니를 서럽게 했다. 어머니가 귀가 안 들려서 미안하다고 사과하실 때마다 죄책감이 고개를 들었다. 어째서 그토록 못된 말을 했을까. 어머니를 상처 입히고 싶지는 않았건만 적당히 거리를 두지도 못했다.

　미어질 듯한 가슴을 품은 채 어머니를 마주해 왔다. 그야말로 격전의 나날이었다. 그렇지만 이제는 들리지 않는 어머니에게서 태어나 무척 행복하다고 느낀다. 어머니와 나의 인생은 고통과 갈등으로 점철되었지만 경이로움과 발견도 가득하다. 그리고 지금 어머니와 나는 같은 꿈을 꾸고 있다. 정말이지 자랑스러운 꿈이다.

　이 책에는 들리지 않는 어머니와 들리는 나의 인생을 기록했다. 우리는 어떤 인생을 걸어왔고 무엇을 발견할 수 있었을까. 어느 모자가 치른 격전의 역사를 부디 읽어주기를 바란다.

제4장

코다와의 만남

제5장

새로 만들어가는 어머니와의 관계

마무리하며

작은 해변 마을에서 태어나다

제1화
평범한 마을의
평범하지 않은 가족

　나는 미야기현의 한 해변 마을에서 나고 자랐다. 우리 집 2층 창문에서 몸을 내밀면 엎어지면 코 닿을 거리에 항구가 보인다. 바람에 실려온 짭조름한 냄새가 코끝을 간질인다. 항구 반대편으로는 논밭이 펼쳐져 있다. 도쿄에 비하면 쇼핑할 만한 곳도 놀 만한 곳도 적은 시골 그 자체다. 하지만 나는 공기가 맑고 시간이 느긋하게 흐르는 이곳이 좋았다.

　우리 집에는 다섯 식구가 살았다. 일반적으로 말하는 평범함과는 조금 다른 사람들이었다. 할아버지는 전직 야쿠자로 천성이 거칠고 난폭했다. 술에 취하면 사소한 일로 사납게 성을 냈고 온 집안에서 난동을 피웠다. 폭언은 다반사였고 물건을 던지거나 폭력을 쓰기도 했다. 할머니는 종교에 심취해 있었다. 기도하면 행복해질 수 있다고 입버릇처럼 말씀하셨고 나에게도 신앙을 강요했다. 할머니를 멀리하는 이웃들도 있을 정도로 믿음이 굳건했다.

그리고 부모님은 귀가 들리지 않는 청각장애인이다. 조금 특이한 조부모님과 청각장애인인 부모님과 함께 살았지만 어린 시절은 평범했다고 생각한다.

우리 집에서는 수어가 그다지 존중받지 못했다. 수어에만 의지하며 살다가는 평생 고생할 거라는 조부모님의 신념 때문이었다. 그래서 어머니는 필사적으로 구어를 익혀 입 모양을 읽고 소통했다. 하지만 나는 수어가 어머니의 첫 번째 언어라는 사실을 알고 있었다. 그래서 일상생활에서 사용할 수 있는 수어를 익혔다. 어설프게 손을 움직여 밥이 맛있다거나 엄마가 좋다고 이야기하면 어머니는 늘 기쁘게 웃어주셨다.

초등학생이 되어 글자를 배우고 나서는 어머니와 비밀 편지를 교환했다. 말이 비밀이지 내용은 무척 소소했다.

[내일은 카레 먹고 싶어.]
[닭고기 카레, 돼지고기 카레 중에 어떤 거?]

[선생님이 엄마 보고 미인이래.]

[고마워.]

하고 싶은 말을 편지로 써서 우편함에 넣어두면 다음 날쯤에는 답장이 도착했다. 그 놀이가 무척 재미있어서 어머니에게 자주 편지를 썼다. 그 무렵에는 어머니와 함께 밖을 걸어 다니는 것도 좋아했다. 볼 일이 있어서 외출할 때면 어머니는 꼭 나에게 알려주었다. 어린 나도 알 수 있게끔 천천히, 크게 손을 움직였다.

— 슈퍼마켓에 다녀올게.
— 나도 같이 갈래!

외출할 때는 반드시 손을 잡았다. 아마 어머니는 어린 내가 걱정스러웠던 것이리라. 하지만 나도 어머니가 조금 걱정되기는 마찬가지였다. 예를 들어 뒤에서 다가오는 자동차의 엔진 소리가 어머니 귀에는 들리지 않는다. 내가 손을 살짝 잡아당겨 자동차가 온다는 사실을 알리면 어머니는 고맙다며 미소를 지어주곤 했다.

어머니를 지켜야 한다. 누군가가 일깨워주지도 않았건만 철들고 나서부터 마음속에 자연스레 그런 다짐이 싹을 틔웠다. 중도 실청자인 아버지보다 날 때부터 소리를 모르는 어머니의 삶이 더 고달프지 않을까 짐작했다.

들리지 않는 어머니는 듣는 일이 당연한 사회에서 살아가야 한다. 그러니 들리는 내가 당연히 어머니의 귀 역할을 해주어야 한다고 생각한 것이다. 거창한 의무감 때문이 아니다. 그저 어머니를 좋아했을 뿐이다. 어린 나이였지만 나는 사랑하는 어머니가 힘들지 않게 지켜주는 영웅 행세를 했다.

그러나 어머니는 결코 약한 소리를 하지 않는 사람이었다. 무척 소탈한 사람이었고 늘 웃는 낯으로 나를 즐겁게 해주려 최선을 다했다. 가장 큰 특기는 개그맨 흉내였다.

당시 텔레비전 방송에는 자막이 없었다. 그래서 어머니는 방송 내용과 연예인의 발언을 정확히 이해하지 못했다. 그런데도 그녀는 한 사람 한 사람의 몸짓과 손짓을 흉내 내어 보여주었다. 그 모습이 놀랄 만큼 닮아 나는 항상 배꼽을 부여잡고 웃었다. 들리

지 않는 대신 보는 능력이 탁월했던 모양이다. 타인의 사소한 동작도 한 번 보면 금세 외워서 흉내 내며 우리에게 웃음을 선사했다.

때로는 할머니도 흉내 내었다. 할머니는 조심성이 없어 물건을 잘 잃어버렸다. 큰일 났다고 울상 지으며 가방이나 서랍을 뒤지고는 했는데 어머니는 그 모습도 완벽하게 흉내 내었다.

— 오늘은 회람판 을 잃어버렸대.

난처한 표정으로 소식을 전하는 어머니가 무척 재미있었다. 내가 소리 내어 웃으면 어머니는 기쁜 표정을 지으며 장난에 박차를 가했다. 지금 떠올려보면 무척 행복한 풍경이었다. 나와 어머니 사이에는 늘 따뜻한 기운이 느껴졌다. 아직 어머니의 귀가 들리지 않는다는 사실이 아무런 문제가 되지 않는다고 여겼던 무렵이었다.

지역 내 자치회 등에 소속된 각 세대가 순서대로 돌려보는 공지 사항 문서를 가리킨다.

들리지 않는 어머니는
이상한 사람일까?

어머니는 약한 소리를 하지는 않았지만 기가 센 편도 아니었고 마음도 여렸다. 하지만 무엇이든지 스스로 하려고 했다. 어쩌면 조부모님의 교육과 관련이 있을지도 모른다. 그들은 들리지 않는 어머니를 듣게 하려고 열심히 노력했다고 한다. 어머니가 어렸을 당시에는 청각장애인에 대한 이해가 지금보다 훨씬 부족해 노력하면 들리지 않는 것도 나을 수 있다고 착각하는 사람도 있었다. 말도 안 되는 생각이다. 장애는 병이 아니니 말이다.

그러나 그런 교육을 받고 자란 어머니는 되도록 주위 사람들에게 폐를 끼치지 않으려 했다. 힘든 일이 있어도 겉으로 표현하지 않았다. 쉽사리 도움을 구하지 않고 어떻게든 홀로 해결하려고 했다. 하지만 소리와 얽힌 일은 노력으로도 해결할 수 없었다. 예를 들어 어머니는 전화를 받을 수가 없다. 또한 손님과는 소리 내어 이야기를 나눌 수 없다. 들리지 않으니 어찌할 도리가 없는 일이다.

그래서 어머니 대신 전화를 받고 손님을 맞이하는 역할은 어린 내가 맡았다. 조부모님과 아버지 그리고 어머니에게 대신해 달라는 말을 들은 적은 한 번도 없었다. 그저 어머니를 지켜야 한다는 일념 하나로 자발적으로 나섰다.

부모님은 내가 태어난 후에 근심 어린 조부모님의 설득에 넘어가 함께 살게 되었다고 한다. 들리지 않는 부부가 어떻게 아이를 키울지, 감당하기 어려운 일을 겪지는 않을지, 무엇보다 들리는 아이에게 어떻게 말을 가르칠지 조부모님은 불안해한 것이다. 내가 기억도 나지 않을 무렵부터 우리 가족은 3대가 한데 모여 살았다.

전화 받기와 손님맞이는 오로지 할머니의 몫이었다. 원래 수다를 좋아하기도 해서 전화벨 소리가 울리면 곧바로 수화기를 집어 들었고 손님이 놀러 오면 현관에서 쉴 새 없이 이야기를 나누었다. 나는 그런 광경을 보고 자랐다.

하지만 할머니도 항상 집에만 있지는 않았다. 친구가 많아 자주 집을 비웠다. 할아버지는 할아버지대로 집을 비울 때가 많았고 아버지도 일하느라 바빴다. 그러면 집에는 나와 어머니뿐이었다. 내가 전화를 받거나 손님을 맞이하게 된 것은 어찌 보면 자연스러운 수순이었다.

거실에서 전화벨 소리가 날카롭게 울리면 나는 수화기에 대고 "여보세요, 이가라시네 전화 받았습니다."라고 대답했다. 이건 할머니의 말투였다. 어린 내게 전화 응대를 맡길 생각이 없었던 할머니는 전화 받는 법을 제대로 가르쳐준 적이 없다. 하지만 나는 할머니를 보고 따라 하며 자연스레 전화를 받기 시작했다.

그러면 전화 너머 상대방은 쿡쿡 웃으며 "다이, 할머니와 똑같구나. 굉장하네."하고 말을 건넨다. 유치원에 다닐 나이에 할머니 말투로 전화를 받으니 조금은 유쾌하면서도 재미있는 모양이었다. 그런 칭찬을 받을 때마다 기분이 좋아진 나는 더욱 열심히 전화를 받았다.

그러나 전화를 받고 무슨 말인지도 모르면서 손님의 이야기에 귀를 기울이기 시작하면서 그러지 못하는 어머니가 평범하지 않음을 인식하게 되었다.

하루는 이런 일이 있었다. 여느 때처럼 어머니와 함께 텔레비전을 보고 있는데 인터폰이 울렸다.

—누가 왔나 봐.

손님이 온 사실을 어머니에게 전하고 현관으로 향했다. 기억하기로는 문밖에 무언가를 영업하러 온 사람이 있었다. 정장을 입은 성인 남성이 방긋방긋 웃으며 집에 부모님이 계시냐고 물었다. 그러다 뒤늦게 나온 어머니의 존재를 알아차리고는 일방적으로 이야기를 시작했다. 물론 어머니는 그 내용을 이해할 수 없었다.

"저기, 저희 엄마는 귀가 들리지 않아요."

내 말에 영업 사원은 살짝 놀란 표정을 짓더니 팸플릿과 서류 같은 것들을 내밀었다. 그리고 간단한 설명을 덧붙이고는 이렇게 말했다.

"어머님이 보셨으면 하는데, 이해하실까?"

어머니는 귀가 들리지 않을 뿐 글을 모르지 않았다. 다만 문장을 잘 이해하지 못할 때도 있었다. 확실히 말해두자면 조부모님의 양육 방식 탓이다. 어머

니의 청각장애가 나을 수 있다고 믿었던 조부모님은
청각장애인이 다니는 농학교가 아니라 청인이 다니
는 초등학교에 입학시켰다. 일반 학교는 음성으로 수
업한다. 어머니는 수업 내용을 이해하지 못해 고학년
이 되어서도 일본어를 제대로 구사하지 못했다.

　　결국 조부모님은 자포자기하는 심정으로 딸을
농학교로 전학시켰다. 그곳에서 배운 수어는 어머니
의 첫 번째 언어가 되었다. 하지만 나와 비밀 편지를
주고받을 정도이니 글을 모르지 않는다. 가끔 뉘앙스
를 잘 파악하지 못할 뿐이었다.

　　그런 어머니를 바보 취급한다는 사실이 몹시 충
격적이었다. 들리지 않는 어머니는 영업 사원이 한
말의 의미도 모른 채 웃는 얼굴로 팸플릿을 받았다.
그 순간 그는 안심한 표정으로 서둘러 자리를 떴다.
침묵이 내려앉은 현관에서 어머니가 재촉했다.

　　ㅡ 이제 들어가자.
　　ㅡ 응.

　　어머니의 시선은 다시 텔레비전을 향했다. 어디

까지 이해했는지 모르겠지만 즐거운 듯 눈웃음을 짓
고 있다. 그러나 나는 전혀 즐겁지 않았다. 태어나 처
음으로 어머니의 귀가 들리지 않는다는 사실이 상상
이상으로 큰 의미를 지니고 있을지도 모른다는 생각
이 들었다. 나는 왠지 암울한 기분에 젖어 번쩍번쩍
빛나는 텔레비전 화면을 멍하니 바라보았다.

제3화

어머니 말투가
비웃음을 사다

태어나면서부터 귀가 들리지 않는 어머니는 소리를 모른다. 그래서 말소리가 어눌하다. 종종 사람들이 착각하는데 청각장애인도 소리를 낼 줄 안다. 재미있으면 소리 내어 웃고 놀라면 비명도 지른다. 수어로 대화하다가 목 안에서부터 쥐어짜는 듯한 소리를 내기도 하는데 발음이 청인과 달라 어색하게 들리기도 한다. 다만 나는 이상함을 몰랐다.

초등학교 3학년이 되면서 처음으로 반이 바뀌었다. 외아들에 응석받이로 자란 나는 몹시 소극적이고 수줍음이 많아서 친구를 잘 사귀지 못했다. 모처럼 친해진 반 친구들과 떨어지기가 무서웠다. 어머니는 늘 그렇듯 괜찮다며 격려해 주었다. 한데 모은 오른손 끝으로 왼쪽 가슴을 터치한 뒤 오른쪽 가슴을 터치한다. 이 동작은 괜찮다는 의미의 수어 다.

한국어의 경우, 오른손의 새끼손가락을 세워 턱에 댄다.

내가 불안해할 때마다 어머니는 늘 수어로 괜찮다고 말해주었다. 그러면 나도 어머니를 따라했다. 이 동작은 우리 둘 사이의 비밀스러운 응원 문구가 되었다. 어머니의 응원이 효과를 톡톡히 보았는지 새롭게 바뀐 반에서 친구를 몇 명 사귈 수 있었다. 그중 Y라는 친구와는 특히 사이가 좋았다. 나와는 달리 성격이 무척 활발했던 그 아이는 피구도 잘해서 반에서 인기가 좋았다. Y에게 막연한 동경심을 품고 있었던 차에 내성적이고 숫기가 없는 나와 친하게 지내줘서 날아갈 듯이 기뻤다.

어느 날 학교를 마치고 함께 하교하던 Y가 불쑥 이렇게 물었다.

"오늘 너네 집에 놀러 가도 돼?"

Y가 그런 말을 할 줄은 예상도 못 했다. 갑작스러운 제안에 놀랐지만 얼른 고개를 끄덕였다.

"응, 괜찮아!"

"그럼, 우리 집에 들러서 책가방 두고 가자!"

집으로 가는 길에는 최근에 산 게임에 대해 한바탕 떠들며 같이 해보기로 약속했다. 동네 친구가 아닌 다른 곳에 사는 아이와 노는 것은 처음이라 약간 긴장되었다. 그래도 저녁 식사 전까지는 마음껏 놀 수 있겠다 싶어 기분이 들떴다.

여기저기 한눈을 팔다가 집에 도착한 우리를 어머니가 맞아주었다. 설마 친구를 데리고 올 것이라고는 생각지 못했는지 어머니가 눈을 동그랗게 떴다. 그래서 서둘러 수어로 설명했다.

— 친구 데리고 왔어. 놀아도 돼?

뒤에서 Y의 활기찬 목소리도 울려 퍼졌다.
"안녕하세요!"
상황을 파악한 어머니는 곧바로 생긋 웃었다. 그리고 입을 크게 벌리며 구화를 했다.

자란네.

잘 왔네. 어머니는 그 말을 하려 했을 것이다. 하지만 발음이 잘되지 않아 정확한 단어가 아니라 불분명한 음만이 그 자리를 채웠다. 늘 있는 일이었다. 나는 별다른 생각 없이 Y와 2층으로 올라갔다.

한동안 게임에 열중해 있는데 어머니가 간식을 갖다주었다. 쟁반에 주스와 전병이 빼곡히 담겨 있었다. 간식을 본 Y가 "감사합니다."하고 고개를 숙였다. 어머니는 기분 좋게 웃으며 대답했다.

마이게 머으러.

맛있게 먹으렴. 이 말도 명확하지 않게 들렸다. 어머니가 아래층으로 내려가고 나니 Y가 웃으면서 말했다.

"뭔가 너희 엄마 말투 특이하지 않아?"

"……응?"

"아까도 그렇고, 말투 이상한 거 맞지?"

Y는 킥킥 웃었다. 그 모습을 보고 있자니 말문이 막히고 얼굴이 화끈거렸다. 거울을 보지 않아도 시뻘겋게 달아오른 게 느껴졌다.

Y에게 어머니의 귀가 들리지 않아서 그렇다고 털어놓는 편이 나았을지도 모르겠다. 하지만 아무런 대꾸도 하지 못했다. 사실을 이야기해 봤자 어머니의 말투가 이상하다는 데에는 변함이 없다. 오히려 아무

에게도 들키지 않았으면 했던 치부가 드러난 듯 해 갑자기 무서워졌다. 결국 말을 얼버무리며 순간을 모면하는 수밖에 없었다.

Y가 집에 간 후에 게임을 정리하고 있는 나에게 어머니가 물었다.

―새로 사귄 친구야? 재밌었어?

소심한 아들에게 친구가 생기니 어머니도 기뻤던 모양이다. 그날따라 기분이 좋아 보였다.

―응, 재밌었어.
―다음에 집에 또 데리고 와. 그때는 제대로 된 간식 준비해 놓을 테니까.

어머니의 말에 고개를 끄덕였다. 하지만 두 번 다시 내가 Y를 집에 데리고 오는 일은 없을 것이다. Y는 어머니의 말투가 이상하다며 비웃었다. 그런 아이와 내가 어떻게 사이좋게 지낼 수 있을까? 나는 그 방법을 알 수가 없었다. 하지만 Y를 원망하고 싶지도

않았다. 어머니가 소리를 듣지 못한다는 사실을 몰랐던 사람을 탓할 수는 없는 노릇이니 말이다. 그럼 도대체 누가 나쁜 사람일까. 나의 시선 끝에는 어머니의 미소가 있었다.

제4화

학교에는 오지 마

— 요새는 친구를 안 데리고 오네.

어머니가 궁금해할 때마다 이루 말할 수 없는 불편함을 느꼈다. 나는 Y와의 일이 있었던 이후로 더 이상 친구를 집에 초대하지 않았다. 이번에도 어머니의 말투를 비웃는다면 태연하게 대처하지 못할 것 같았다.

— 우리 집은 게임이 별로 없어서 친구 집에 놀러 가는 게 재밌어.
— 그래도 다음에 오게 되면 이야기해 주렴.

어머니의 질문을 어찌어찌 잘 넘겼다. 어머니는 내가 무슨 생각을 하고 있는지 눈치채지 못했을 것이다. 왠지 나쁜 짓을 하는 듯한 찝찝함이 가슴속을 채워나갔다. 그리고 어느새 어머니를 다른 친구의 어

머니와 비교하기 시작했다. 놀러 갈 때마다 모두가
상냥한 미소로 반겨주었는데 그중에는 나의 이름을
기억했다가 친근하게 말을 건네는 분도 있었다.

"다이, 우리 애랑 친하게 지내줘서 고마워."
"다이, 모처럼 왔는데 저녁 먹고 안 갈래?"
"다이."
"다이."
"다이."

이름을 불러주면 가슴이 벅차올랐지만, 그때마
다 어머니는 내 이름을 또렷하게 부르지 못한다는
사실을 뼈저리게 느꼈다. 아무리 기억을 더듬어봐도
어머니는 확실하게 다이라고 부른 적이 없었다.

아이

어머니는 나를 그렇게 불렀다. 다이라고 부르지
못한다. 이것이 나와 어머니의 평범함이었다. 하지만
Y의 지적은 그것을 더 이상 평범하지 않은 무언가로

만들어버렸다. 아직 좁은 세상에서 사는 아이들은 평범하지 않은 것을 부끄럽게 느낀다. 그래서 주위와 발을 맞춰 걸으며 1밀리미터도 어긋나지 않기를 바라는 법이다. 나쁜 의미로 눈에 띄면 무시당하고 괴롭힘당할 수 있다는 사실을 깨달은 나는 서서히 어머니의 존재를 감추기 시작했다.

새 학년이 되고 몇 개월이 지난 어느 날이었다. 종례 시간에 선생님이 프린트를 나누어 주었다.

"뒤로 전달하세요."

앞자리 아이가 건넨 한 뭉치의 프린트에서 한 장을 꺼낸 뒤 나머지를 뒤로 건넸다. 갱지로 만든 프린트에는 손글씨로 '참관 수업 공지'라고 적혀 있었다. 모두가 새로운 반에 적응하는 모습을 가족들에게 보여주는 것이다. 순식간에 교실이 소란스러워졌다.

"으악! 엄마가 온다고?"

몇 명이 싫어하는 티를 냈으나 본심이 아니라는 건 금방 알 수 있었다. 이내 태평하게 장난치며 떠들어댔다. 학교에 엄마가 온다니 쑥스러운 한편으로는 신나기도 했을 테다.

"조용! 프린트는 부모님께 꼭 전달하세요."

하지만 나는 다른 친구들처럼 종알종알 떠들어 댈 기분이 아니었다. 학교에 어머니가 온다니, 그건 공포와도 가까운 일이었다.

그날은 다른 때보다 더 먼 길을 돌아 귀가했다. 집에 같이 가자던 친구의 제안을 거절하고 나 홀로 학교를 나섰다. 어머니가 참관 수업에 오면 비웃음을 살지도 모른다. 귀가 들리지 않아 안절부절못하는 어머니와 그 모습을 보고 킥킥 웃음을 터뜨리는 반 친구들. 무력하게 굳어 있는 나. 고개를 흔들어 상상을 털어내려 해도 최악의 장면들만 줄줄이 떠올랐다.

어떻게 해야 어머니가 비웃음을 사지 않을까. 아무리 머리를 쥐어짜도 숙제보다 어려운 질문에는 답이 보이지 않았다. 학교에서 집과는 반대 방향으로 걸으면 항구가 나온다. 아침에는 어부들로 북적거리는 그곳도 방과 후에는 한적하다. 터벅터벅 걸으며 다시 프린트를 펼쳐보았다.

참관 수업 공지라는 글자를 예쁘게 꾸미려 했는지 곳곳에 별과 동물 그림이 그려져 있다. 참관 수업 당일 교실에는 아마 따스한 분위기가 흐를 것이다. 하지만 아무리 상상해도 그 안에서 웃고 있는 내 모습은 떠오르지 않았다.

프린트를 손에 들고 모서리부터 조금씩 찢기 시작했다. 원래 모습은 흔적도 찾을 수 없을 만큼 갈기갈기 찢어 바다로 날려버렸다. 강한 바닷바람을 타고 종이 꽃가루처럼 나울거리며 흩어졌다. 활짝 펼친 손끝은 잉크로 새카맣게 더러워져 있었다. 결국 어머니는 참관 수업에 오지 않았다. 내가 말하지 않았으니 당연한 일이었다.

그러나 나중에 어머니가 그 사실을 알아차리고 말았다.

— 얼마 전 참관 수업이 있었니? 왜 말 안 했어?

이웃을 통해 참관 수업 행사가 있었다는 사실을 안 할머니에게 들었는지 어머니는 미간을 찌푸리며 나를 바라보았다. 그런 중요한 일을 왜 감췄냐며 질책하는 표정이었다. 왜 내가 혼나야 하지? 어머니가 상처 입지 않도록, 무시당하지 않도록 고민하다 내린 결론인데 내가 나쁜 것일까.

하지만 그런 속내는 털어놓을 수 없었다.

— 엄마는 귀가 들리지 않으니까 오는 거 싫어. 앞으로는 학교에 오지 마.

그게 나의 최선이었다. 그 말 뒤에 여러 감정이 숨겨져 있었지만, 아직 어린 나는 속내를 제대로 전달하는 방법을 몰랐다. 해선 안 될 말이었다. 어머니는 몹시 상처받은 표정을 지었다. 눈시울을 붉히며 수긍하고는 더 이상 아무 말도 하지 않았다.

제5화

수어는 이상하지 않아

초등학교 4학년이 되었다. 반은 그대로인데 왠지 선생님들이 조금은 어른 취급을 해주는 느낌이었다. 저학년 아이들을 보살펴주라는 당부도 많아졌다. 그리고 4학년부터는 일주일에 한 번 동아리 활동도 시작한다고 학기 초에 선생님이 설명해 주었다.

"동아리 활동은 1년간 계속돼요. 신중하게 고민해 보고 꼭 하고 싶은 동아리에 들어가세요."

동아리 활동을 시작하기 전에 4학년 전체가 체육관에 모였다. 단상에서는 동아리를 대표하는 상급생들이 각 동아리의 매력을 어필했다. 피구 동아리, 농구 동아리, 미술 공예 동아리, 과학 동아리, 전부 재미있어 보였다. 그러나 딱 느낌이 꽂히는 동아리가 없었다. 애초에 운동신경이 없는 나에게 운동 동아리에 들어간다는 선택지는 없었다. 그렇다고 문화 계열 동아리에 강하게 끌리느냐 하면 그것도 아니었다.

어떤 동아리에 들어가면 좋을까. 고민에 잠겨

있을 때 한 선생님이 말했다.

"새로운 동아리를 만들고 싶은 사람은 선생님과 의논해 주세요. 인원이 모이면 새롭게 설립할 수도 있어요."

새로운 동아리. 나라면 어떤 동아리를 만들 수 있을까.

그날 밤, 무심코 어머니에게 이야기를 꺼냈다.

─4학년은 동아리에 들어가야 한대.
─그래? 어떤 동아리에 들어갈 거야?
─모르겠어. 들어가고 싶은 동아리가 없어서.
─그래? 재밌는 동아리를 찾아야 할 텐데.

수어로 대화하다가 번뜩 아이디어가 떠올랐다. 수어 동아리는 어떨까. 일주일에 한 번 다 함께 수어를 공부한다면 나도 수어를 더 능숙하게 할 수 있지 않을까. 어렸을 때부터 어머니와 아버지의 수어를 접해서 어느 정도는 사용할 수 있었다. 그러나 기쁘다, 슬프다, 좋다, 싫다 등 단순 감정을 드러내는 수준이었고 복잡한 속내를 표현할 수는 없었다. 하지만 자라면서 어머니에게 하고 싶은 말은 자꾸 늘어만 갔다. 예를 들어 "저 애가 다른 친구와 친하게 지내면 기분이 나빠. 싫지는 않지만 이야기하고 싶지 않아."와 같이 모순적인 감정을 매끄럽게 전달하기 어려웠다. 그건 은근히 스트레스였다.

자라면서 들리지 않는 어머니를 다른 사람들이 몰랐으면 하는 생각이 커졌다. 어머니가 싫다는 뜻은 아니다. 오히려 좋아했기에 상처받는 모습을 보고 싶지 않았다. 마치 새장 속에 새를 가두듯 외부 세계의 악의로부터 어머니를 지키고 싶었다.

어머니와 아버지는 사이가 좋았다. 청각장애라는 공통점이 있으니 동지애 같은 유대감마저 있는지도 모르겠다. 아버지는 늘 어머니의 고민과 고뇌를 공감하고 지켜주었다. 다만 그러한 아버지조차 어머니의 귀를 대신할 수는 없었다. 그 역할은 들리는 나에게 주어진 사명과도 같았다. 책임감에 가까운 마음이었기에 어머니와는 되도록 서로 이해하고 싶었다. 그러나 점차 어머니의 말을 이해하지 못하고, 나 또한 제대로 말을 전하지 못하는 순간들이 쌓여갔다. 답답함이 몸속을 기어 다녀 때로는 숨이 막혔다.

하지만 학교에서 수어를 배울 수 있다면 지금보다 더 어머니와 소통할 수 있을지도 모른다. 기대감에 부풀어 곧장 반 친구에게 가입을 권하기 시작했다. 다행히 몇 명이 수어에 관심을 보여 동아리 설립에 필요한 인원수가 모였다. 그렇게 수어 동아리가 신설되었다. 동아리에는 시에서 파견된 여성 수어 통역사가 강사로 초빙되었다. 우리는 도서실 한 모퉁이에서 수어 수업을 들었다.

우리가 배웠던 수어는 아주 기초적인 것들뿐이었다. 때로는 수어 노래, 즉 수어로 대중가요를 따라 부르는 법도 배웠다. 지금도 「이웃집 토토로」의 주제가 〈산책〉의 가사인 '걸어가자, 걸어가자'에 맞춰 수어를 했던 기억이 난다.

함께 동아리에 가입해 준 친구들은 아주 즐겁게 수어를 배웠다. 그 모습을 보니 마음이 들떴다. 나와 어머니 사이에만 존재한다고 여겼던 언어를 다른 사람들이 배우고 있다니. 나와 어머니의 세계가 조금씩 넓어지는 것 같기도 했다.

당연히 수어 동아리를 만든 사실을 어머니에게도 알렸다.

─ 네가 만들었니?

처음 이야기를 꺼냈을 때 어머니는 눈을 크게 뜨며 놀라워했다. 소심하고 소극적인 내가 앞장서서 새로운 동아리를 만들었다니 믿기지 않았을 것이다. 동아리에서 배운 수어를 선보이자 어머니는 매우 기뻐하며 머리를 쓰다듬어주었다. 〈산책〉도 몇 번이나 함께 불렀다.

하지만 즐거운 시간은 그리 오래가지 않았다. 수어 동아리를 설립한 지 3개월이 지났을 무렵이었다. 방과 후 늘 그랬듯 동아리 활동을 하러 가려는데 같은 반 남자아이가 말을 걸었다.

"야, 너희 수어 동아리는 뭐 하냐?"

그 아이의 입가에 비뚜름한 웃음이 걸려 있었다. 나는 발걸음을 멈추고 설명했다.

"수어 공부하지. 수어라고 알아?"

"알겠냐?"

나는 수어에 대해 하나부터 열까지 자세하게 알려주었다. 수어란 귀가 들리지 않는 사람들의 언어고 손을 움직여 대화하는데 제대로 공부하면 소리 내어

말하는 것처럼 소통할 수 있다고 말이다.

그 아이는 쭉 이야기를 듣더니 한마디 툭 내던지고는 교실 밖으로 뛰어나갔다.

"그게 뭐냐? 이상해."

나는 꼼짝도 할 수 없었다. 나와 어머니를 이어주는 수어가 이상하다는 말로 완전히 부정당하고 말았다. 왜 그런 말을 들어야 하지?

그날은 도서실에 가지 못했다. 열정적으로 가르쳐주는 수어 통역사를 어떤 얼굴로 마주해야 할지 혼란스러웠다. 분명 평소처럼 웃지 못했을 것이다. 조금씩 번져가는 분함과 수치심을 억누르며 나는 아무 말 없이 동아리 활동에 불참했다.

제6화

장애인의 자녀에 대한 몰이해와 차별

이상하다는 반 친구의 말이 가슴 깊이 박혔다. 밖에서 어머니와 수어로 대화하려고 하다가도 손이 멈춰버렸다. 나도 모르게 주위 사람의 시선이 신경 쓰여 견딜 수가 없었다. 특이하게 보지 않을까? 비웃고 있진 않을까? 한 번 솟아난 의심은 시간이 갈수록 눈덩이처럼 불어났다. 그에 반비례하듯 어머니와의 대화는 점차 줄어들었다. 결국 수어 동아리는 1년 만에 그만두었다. 더 이상 수어와 얽히고 싶지 않았다.

그리고 그 무렵부터 장애인에 대한 차별과 편견에 민감해졌다. 알고 보면 세상에는 생각보다 차별과 편견이 만연해 있었다. 초등학교 6학년 때 일어났던 사건이 결정적이었다.

나는 우리 집 근처에 혼자 사는 할머니와 친하게 지냈다. 틈만 나면 놀러 갈 정도였다. 듣기로는 친척들과 사이가 소원하다고 했다. 그래서 그런지 내가 놀러 갈 때마다 손자처럼 맞아주며 과자와 주스

를 대접해 주었다. 정원에는 다양한 화초가 심겨 있
어 계절마다 달라지는 풍경이 아름다웠다. 할머니는
꽃에 물을 주는 요령과 화초 하나하나에 담긴 꽃말
을 알려주곤 했다.

그날은 수업이 끝나고 혼자 집에 가고 있었다.
할머니 집 앞을 지나가는데 할머니와 그 옆집에 사는
M이 심각하게 이야기를 나누는 모습이 눈에 들어왔
다. 할머니는 왠지 곤혹스러워 보였다. 무슨 일이지?
의아해하던 찰나 나를 발견한 M이 목소리를 높였다.

"네가 범인이로구나."

느닷없이 어른에게 추궁당한 탓에 나는 그 자리
에 돌처럼 굳어버렸다. M은 부아가 치미는 표정으로
나를 노려보았다. 망연자실한 표정의 할머니는 무척
서글퍼 보였다. 발밑으로 시선을 돌리자 색색의 꽃잎
들이 흩어져 있었다. 아무래도 누군가가 할머니의 소
중한 화단을 마구 짓밟은 모양이었다. M은 범인이
나라고 단정 지은 듯했다.

"몰라요. 저 아니에요."

"아니, 네가 틀림없어."

"아니라고요."

아무리 부인해 봐도 실랑이는 계속되었다. 친하게 지내는 할머니의 화단을 망가뜨릴 이유가 없었지만 믿어주지 않았다. M이 말을 이어 나갔다.

"얘가 그런 게 틀림없어요. 부모가 장애인이잖아요."

M은 늘 그랬다. 장애인의 아이라는 이유로 차별적인 시선을 던지는 사람이었다. M에게는 나와 같은 연령대의 자녀가 두 명 있었다. 그들은 결코 나와 친하게 지내려 하지 않았다. 동네 아이들끼리 놀 때면 나는 어김없이 무리에서 배제되었다. 이유는 알고 있었다. 내가 장애인의 자녀라서다. 두 아이도 M의 차별적인 사상에 물든 것이었다. 하지만 싸워봤자 아무 의미가 없으니 그저 참는 수밖에 없었다.

하지만 그때만큼은 달랐다. 내가 하지도 않았는데 범인으로 내몰리는 일만큼은 참을 수가 없었다.

"뭐 하니, 빨리 사과하지 않고."

M의 말을 들은 순간 내 안의 무언가가 소리 내어 무너졌다. 울지 말아야 한다고 다짐하면서도 눈물이 흘러내렸다. 꽉 막혀 있던 감정이 터져 나왔다.

"제 부모님이 장애인이라서 일부러 트집 잡으

시는 거예요?"

"내가 언제 그런 말을 했니."

M은 표정을 굳히며 부정했다. 하지만 나는 납득할 수 없어 30분 정도 항변을 이어갔다.

문득 M이 겸연쩍은 표정을 지었다. 시선을 따라가 보니 어머니가 서 있었다. 다른 이웃이 어머니를 부른 모양이었다. 어머니는 M에게 불신 어린 눈길을 보냈다. M이 장애인에게 편견을 지녔다는 사실을 어머니도 알고 있었다. 그런 사람 앞에서 아들이 울고 있다니, 무슨 일인지 안 봐도 훤했을 것이다. 어머니는 마음이 약하니 그만하고 집에 가자고 할 게 뻔했다. 그래서 나도 어머니의 모습을 보고는 입을 다물었다. 그러나 어머니는 그러지 않았다. 내 앞에 서서 의연하게 말했다.

지금 제가 듣지 못하는 장애인이라서 제 아들을 괴롭히는 건가요?

이때 어머니가 내뱉은 소리는 말로 잘 표현되지 않았다. 그럼에도 괴롭히다라는 단어만은 또렷하게

울려 퍼졌다. 얌전한 어머니가 항의하자 M은 당황한 기색으로 이도 저도 아닌 변명을 늘어놓았다. 어머니는 그 모습을 똑바로 쳐다보고는 할머니에게 소란을 피워서 죄송하다며 고개를 숙인 뒤 내 손을 잡아끌었다. 손은 아주 뜨거웠다. 흥건한 땀, 그리고 어머니의 맥박마저 전해지는 것 같았다. 올려다본 어머니의 눈동자에는 분노와 서러움이 뒤섞여 있는 듯했다.

그로부터 며칠 뒤 M이 사과하러 왔다고 한다. 이후 길에서 마주치면 인사도 건네곤 했다. 갑작스러운 변화를 이해할 수 없었던 나와는 달리 어머니는 반갑게 인사했다. 시간이 아주 많이 흐른 뒤에야 어머니와 M이 서로 집을 오가며 차를 마실만큼 사이가 돈독해졌다는 사실도 알게 되었다.

그 사실을 알았을 때 나도 모르게 그때 M에게 당했던 일을 잊었느냐고 캐물었다. 그러자 어머니는 지나간 일일 뿐이라며 시치미를 떼듯 웃어넘겼다. 자신을 편견 어린 시선으로 바라보는 타인을 용서하는 건 결코 쉬운 일이 아니다. 그런데 어머니는 어떻게 그럴 수 있었을까. 그때의 나는 이해할 수가 없었다.

제2장

숨기고 싶은
나의 부모님

제7화

아들의 목소리가
듣고 싶어서

중학생이 되었다. 초등학생 때 반 친구와 이웃 어른의 장애인 차별을 두 눈으로 마주하면서 이제는 아예 사람을 불신하게 되었다. 장애인이라는 사회적 소수자는 어디를 가든 핍박당한다. 그게 싫다면 눈에 띄지 않은 채 살아갈 수밖에 없다. 가족인 나도 마찬가지다. 부모님의 장애를 완전히 감추고 평범함을 가장해 살아가는 것이 현명한 선택이다.

그렇게 결심할수록 어머니의 거리가 멀어지는 느낌도 들었다. 그 무렵에는 어머니와 수화가 아닌 구화로만 소통했다. 그렇다고 해서 어머니가 이해할 수 있도록 천천히, 또렷하게 말하려고 하지도 않았다. 그러면 소통이 잘되지 않는 게 당연하건만 내 말을 잘 이해하지 못하는 어머니를 보고 있으니 짜증이 스멀스멀 치밀어 올랐다.

— 미안. 조금 더 천천히 말해줄래?

어머니의 부탁은 무시했다. 왜 내가 양보해야 해, 엄마 잘못이면서. 그런 잔혹한 마음을 품었다. 그 렇게 멀어져 버린 거리를 어머니는 어머니 나름대로 메워 나가려 했던 것 같다. 하루는 동아리를 끝내고 귀가한 나를 어머니가 기분 좋게 반겨주었다. 왠지 즐거워 보였다.

— 무슨 일 있었어?

머뭇거리며 물어보니 어머니가 머리카락을 쓸 어올려 왼쪽 귀를 보여주었다. 대체 뭐지? 자세히 살 펴보니 왼쪽 귀에는 베이지색의 얇고 작은 기계 같 은 것이 끼워져 있었다. 투명한 튜브가 귀를 타고 내 려와 귓구멍으로 이어져 있다.

— 그게 뭐야?
— 보청기야.
— 보청기라니?

보청기란 청각에 장애가 있는 사람이 착용하는,

소리가 잘 들리게 해주는 기구다. 보청기를 끼면 작기는 해도 소리가 들린다고 한다.

— 아무 말이나 해봐.

어머니는 신이 났는지 아무 말이나 해보라며 재촉했다. 그 기세에 못 이겨 나는 한마디 중얼거렸다.
"엄마."
잘 들렸는지 어머니는 마치 어린아이처럼 즐거워했다. 계속해서 한 번 더 말해보라고 재촉하기에 '엄마'라는 단어를 되풀이했다. 그 반응을 보며 이제 들을 수 있게 되었다는 사실에 감동이 점점 싹을 틔워나갔다. 하지만 그 싹은 얼마 지나지 않아 순식간에 짓밟혀버렸다.

— 뭐라고 했어?

보청기 덕분에 소리가 들리기는 하지만 단어를 정확하게 알아듣지는 못하는 듯했다. 그 뜻을 잘 모르기 때문이다. 나는 놀라우리만치 크게 상심했다.

어릴 적부터 어머니의 귀가 들리지 않는 건 당연한 사실이며 나을 일은 없다고 인식하고 있었다. 보청기의 존재 덕분에 품었던 작은 희망도 곧바로 꺾이고 말았다. 이토록 괴로운 일이 또 있을까.

그러나 어머니는 그렇지 않았다. 처음 접하는 소리가 신기한지 굉장히 기뻐 보였다. 텔레비전 소리가 들리자 조금 시끄럽다며 기세등등하게 굴었고 조부모님의 대화 소리에는 무슨 이야기를 하냐며 고개를 디밀었다. 그 순간 어머니는 아기처럼 이 세상에 넘쳐나는 온갖 소리에 감동했을 것이다.

―그거 얼마 줬는데?

가격을 물어보니 20만 엔이라는 큰돈을 주었다는 대답이 돌아왔다. 우리 집은 유복한 편은 아니었다. 장애인 전형으로 고용된 아버지의 월급은 비장애인보다 훨씬 적어 생활은 넉넉하지 않았다. 그런데 어째서 보청기 같은 물건을 샀을까. 착용한들 보통 사람들처럼 들리는 것도 아닌데. 비싸다는 내 대답을 헤아린 어머니는 진지한 표정으로 나를 응시했다.

― 안 비싸.

― 20만 엔이 한두 푼도 아니고. 그게 무슨 도움이 돼?

이게 다 무슨 소용이지. 한심한 기분이 들어 대화를 끝내려고 하는데 어머니가 내 어깨를 붙잡았다.

― 비싸지 않아. 다이의 목소리를 들을 수 있으니까.

무슨 대답을 해야 할지 알 수 없었다. 내 목소리가 들린다고 해도 그 의미까지는 이해하지 못할 텐데, 그럼에도 어머니는 보청기를 나와의 연결고리로 생각했는지도 모른다.

― 앞으로 다이가 하는 말을 알아들을 수 있어.

들을 수 있을 리가 없다. 하지만 어머니의 웃음을 보고 있자니 턱 밑까지 올라온 말을 내뱉을 수가 없었다. 느릿하게 고개를 끄덕이는 나를 보고 어머니

는 흐뭇하게 미소 지었다.

그날 밤 목욕을 끝내고 나오는데 어머니가 침실에서 보청기를 꼼꼼하게 닦고 있는 모습이 보였다. 애지중지하는 물건을 다루듯 조심스러운 손짓이었다. 눈이 마주치니 어머니는 잘자라며 웃어주었다. 나도 안녕히 주무시라 인사했다. 손에 놓인 보청기는 마치 보석처럼 반짝거렸다.

제8화

집단괴롭힘을 당하다

내가 다니던 중학교에서는 따돌림이 있었다. 그 사실을 입학한 지 얼마 지나지 않아 알게 되었다. 같은 초등학교였던 여자아이가 몇몇 여자아이들에게 무시당한다는 소문을 들었다. 따돌림의 주범은 우리와는 다른 초등학교에 다녔던 아이들이었다. 교복을 고쳐 입고 머리를 갈색으로 물들인 그들은 겉모습부터 다가가기 힘든 분위기를 풍겼다.

반사적으로 엮이면 안 되겠다고 생각했다. 쟤네들한테 찍히면 끝이다. 소란 피우지 말고 되도록 눈에 띄지 않게끔 조용히 살아가기로 다짐했다. 하지만 아무리 눈에 띄지 않아도 그들에게 괴롭힐 이유가 생기면 눈 깜빡할 새에 표적이 된다. 1학년 겨울, 나는 따돌림의 타깃이 되고 말았다.

시작은 사소했다. 복도에서 지나칠 때마다 놀림을 받았다. 정확하게 기억이 나지는 않지만 빌빌대지 말라거나 꼴 보기 싫다는 말을 들었던 것 같다. 어느

새 아무 근거도 없는 헛소문도 퍼지기 시작했다. 이가라시가 몇 반 누구를 좋아한다는 정도의 소문이었다. 상대해 봤자 소용없으니 무시했다. 내가 반응이 없어서 따분했는지 그들은 방과 후에 따로 불러내기 시작했다. 청소 시간에 다짜고짜 멱살을 잡고는 몇 반에서 기다리고 있을 테니 오라는 식이었다. 물론 나 같은 카스트 제도 의 최하위권에 있는 학생에게 거부권은 없다. 가지 않으면 다음 날 무슨 짓을 당할지 알 수 없다.

그들이 말한 교실로 가보니 녀석들이 이미 진을 치고 있었다. 심상치 않은 분위기를 감지하고 다른 애들은 허둥지둥 그 자리를 벗어났다. 이윽고 몇 명에게 둘러싸였다.

"너 하는 짓이 좀 거슬린다?"

"야, 무섭냐?"

"맨날 음침하게 굴어서 토할 것 같아."

그런 말을 들은들 어떻게 해야 할까. 이 정도는 괜찮다고 애써 마음을 죽이며 웃었다. 따돌림을 당했

일본에서는 학교 내 서열을 인도의 계급인 카스트 제도에 빗대어 스쿨 카스트라는 표현을 사용한다.

지만 학교를 쉬지는 않았다. 괴롭힘에 굴복하는 건 꼴사나웠고 무엇보다 어머니에게 어떻게 설명해야 할지 난감했기 때문이다.

수어는 제대로 배우지 않은 탓에 마치 서투른 영어로 이야기하는 듯한 느낌이었다. 충분하지 않은 어휘로 자신이 놓인 상황을 정확하게 전달하는 건 불가능하다. 무엇보다 내가 괴롭힘을 당하고 있다는 사실을 안다면 어머니는 어떻게 될까? 분명 자신의 귀가 들리지 않아서, 아들이 장애인의 자녀라는 이유로 괴롭힘당하고 있다고 받아들이며 자책할 게 뻔했다. 나는 어머니를 지키기 위해 견디기로 결심했다.

하지만 상황은 달라지지 않았다. 이대로 참다 보면 그들이 내게 질려 타깃을 바꿀지도 모르지만, 어쩌면 졸업할 때까지 이러한 상황이 계속될 수도 있다. 그때까지 버틸 수 있을지 장담할 수 없었다.

괴롭힘을 당하기 시작한 지 약 3개월이 흘렀을 무렵이었다. 이대로는 안 되겠다며 결심했다. 의지할 사람이 없다면 뭐든 혼자서 할 수밖에 없지 않은가. 늘 그랬듯 방과 후 그들이 불러낸 교실로 발걸음을 옮겼다. 책상 위에 걸터앉아 있던 그들이 교실 안으로 발을 내딛는 나에게 날카로운 시선을 던졌다.

"재수 없어."

그 무렵에는 그들의 한결같은 악담과 욕설에 익숙해져 있었다. 이제는 딱히 무섭지도 않다고 스스로 되새겼다.

"재수 없는 게 누군데!"

나의 말대꾸에 그들은 일제히 놀란 표정을 지었다. 지금까지 짓밟아왔던 벌레가 달려들어 물어대니 어안이 벙벙한 듯했다.

"떼로 몰려다니지 않으면 아무것도 못 하는 주제에! 혼자선 별것도 아닌 주제에!"

반쯤 흥분 상태였던 나는 속사포처럼 거침없이 지껄여댔다. 분노와 경멸을 담아 이제껏 그들이 한 짓을 모조리 부정하며 울분을 토했다. 그리고 이제 나한테 관심 끄라고 내뱉고는 그대로 교실 밖으로 뛰쳐나갔다.

교과서가 들어 있는 가방이 무척 무거웠지만 멈출 수 없었다. 발을 멈추고 뒤돌아보면 금방이라도 붙잡힐 것 같아 온 힘을 다해 집까지 뛰었다. 호흡이 거칠어지고 눈물이 떨어졌다. 묵직한 가방끈이 어깨

를 파고들어 고통스러웠다. 하지만 죽을힘을 다해 달리고 또 달렸다.

집에 도착한 나를 보고 어머니가 소스라치게 놀란 표정을 지었다.

— 무슨 일 있었어? 괜찮아?
— 아무것도 아니야.
— 아무것도 아닌 게 아니잖아?
— 괜찮다니까!

눈물로 흠뻑 젖은 얼굴은 설득력이 없었지만 괜찮다는 말밖에는 할 수가 없었다. 걱정하는 어머니를 뿌리치고 방안에 틀어박혀 소리 내어 울었다. 무섭고 괴로운 내 진심을 있는 그대로 전할 수가 없었다. 답답함에 가슴이 저미어 교복 소맷부리로 몇 번이나 눈물을 닦아냈다. 이 울음소리도 어머니에게는 닿지 않으리라 생각하니 눈물이 더욱 차올랐다.

제9화

부모님의 장애를
발표한 동급생

죽을 각오로 반항한 덕분인지 그 이후로 괴롭힘은 사라졌다. 하지만 예전보다 더 얌전하게, 최대한 튀지 않게 지내기로 다짐했다. 그런 기분은 두 번 다시 맛보고 싶지 않았다. 숨죽이고 존재를 들키지 않게 살아가는 것이 내 몸에 밴 처세술이었다. 그래서 부모님의 장애에 대해 털어놓는 일은 감히 상상도 할 수 없었다. 그 사실이 알려지면 분명 다들 외계인 보듯 할 테고 호기심은 다시 일부 학생들의 가학성에 불을 붙일 테니 가만히 있는 것이 상책이다.

그리고 여름 방학이 찾아왔다. 수많은 여름 방학 숙제 속에 변론문*이 있었다. 내가 주장하고 싶은 내용, 누군가에게 전하고 싶은 내용을 원고지 네 장 정도의 분량으로 정리해 오는 것이다. 초등학생 때 했던 작문과는 조금 다르다고 한다. 그리고 우수자는

자신의 주장을 쓰고 발표하는 활동을 변론이라고 하며, 일본에서는 교과 활동 혹은 교외 활동으로 수행한다.

개학 후에 전교생 앞에서 발표도 한다는데, 정말이지 딱 질색이다. 애초에 주장하고 싶은 내용도 없다. 그래서 다른 숙제는 그럭저럭 다 끝냈으나 변론문만은 마지막까지 쓰지 못했다. 여름 방학이 끝난 후 선생님에게 뭐든 좋으니까 써 오라며 혼이 났지만 고개를 숙일 수밖에 없었다.

2학기가 시작되고 몇 주 후, 전교생을 체육관에 모아두고 변론대회가 열렸다. 다른 사람의 주장 같은 게 뭐가 재밌다고. 될 대로 되라는 심정으로 줄을 섰다. 선생님이 나누어주신 프린트에는 발표할 학생들의 이름이 적혀 있었다. 각각의 변론을 듣고 점수를 매겨야 하는 모양이다. 전교생 앞에서 발표도 해야 하는데 심지어 점수까지 매겨지다니, 너무 불쌍했다. 나는 변론문을 제출하지 않길 잘했다며 새삼 가슴을 쓸어내렸다. 만일 뽑히기라도 했다면 지금쯤 살아도 산 게 아닐 터였다.

발표는 한 사람씩 진행됐다. 외모 콤플렉스에 대해 이야기하는 여학생부터 야구부 친구와의 끈끈한 우정에 대해 열변을 쏟아낸 남학생까지 주제는 실로 다양했다. 그러나 그 무엇도 가슴에 와닿지 않았다. 단상에서 찬란히 빛나 보이는 그들이 말하는 내용은 나와 하등 상관없다고 여겼다.

그러나 한 여학생이 단상에 올라간 순간 시선이 고정되었다. 그녀는 C였다. 그다지 눈에 띄지 않는 수수한 외모였지만 나는 그녀를 알고 있었다. 초등학교 5학년 때 전학을 온 C는 나처럼 귀가 들리지 않는 부모님이 있었다. 부모님끼리 친하게 지냈기에 어머니 손에 이끌려 몇 번인가 그 집에 놀러 간 적도 있었다. 하지만 그 무렵의 나는 부모의 귀가 들리지 않는다는 공통점만으로 친하게 지내고 싶지 않아 거리를 두었었다.

대체 무엇을 발표할까. 괜스레 긴장한 채 C가 입을 떼는 모습을 지켜보았다. 그녀는 입을 열자마자 부모님 이야기부터 시작했다.

"제 부모님은 귀가 들리지 않습니다."

마음이 요동쳤다. 어떻게 그런 말을 할 수 있지? 모두에게 알려지는 게 두렵지도 않은가? 나는 내가 발가벗겨지는 듯한 기분이 들어 당장이라도 이 자리를 도망치고 싶었다. 속이 뒤집힌 나는 안중에도 없다는 듯 C는 담담하게 발표를 이어 나갔다.

취주악부 에서 트럼펫을 맡은 C는 하교할 때마다 음악실에서 악기를 빌려 매일 집에서 연습했다. 그러자 어느 날 그녀의 어머니가 트럼펫을 사주겠다는 이야기를 꺼냈다고 한다.

"어머니는 듣지 못하시지만 제게 트럼펫을 사주겠다고 하셨습니다. 열심히 연습하는 제 모습을 인정해 주셨습니다."

C는 마지막으로 부모님에게 감사한 마음을 전했다. 인사를 하자 박수가 터져 나왔다. 물론 발표가 매번 끝날 때마다 박수가 나오기는 하지만 그녀의 순서에서는 유독 우렁차게 느껴졌다.

동시에 나는 그 박수에 짓눌리는 듯했다. C와는 달리 나는 부모님의 장애를 감추기에 급급했다. 그녀를 칭찬하는 박수가 나를 몰아세웠다. 그 자리에 있는 모든 이가 내게 최악이라고 말하는 듯한 기분이었다. 내가 나쁜 짓을 하는 걸까? C처럼 드러내야 했을까? 부모님이 장애인이라는 사실을 숨기지 않으면 그녀처럼 칭찬받을까? 설령 그렇다고 해도 나는

관악기 위주로 편성되는 악단을 꾸려나가는 동아리다.

칭찬을 바란 적이 없었다. 그보다는 평범하게 지내고 싶다. 특이한 부류로 분류되고 싶지 않다. 그저 다른 사람과 같으면 좋겠다. 그뿐이었다.

손에 쥔 프린트에 시선을 떨구었다. C의 변론에도 점수를 매겨야 했다. 그러나 이리저리 고민한 끝에 C만 공란으로 남겨두고 프린트를 제출했다. 그녀를 어떻게 평가해야 할지 도저히 감이 잡히지 않았다. 그 이후 복도에서 C와 마주칠 때마다 나는 눈을 피했다. 그녀의 올곧은 시선에 질책당하는 듯한 한심한 생각이 가슴 속에서 퍼져나갔다.

제10화

추억이 남지 않은 앨범

3학년으로 올라가기 며칠 전, 가족들이 식탁에 둘러앉아 저녁 식사를 하고 있었다. 그때 할머니가 밝은 표정으로 입을 열었다.

"봄 방학에 다 같이 여행을 가는 게 어떻겠니? 내년에는 입시 때문에 바빠질 테니 말이야."

할아버지와 부모님도 동의했다. 하지만 이상하게 마음이 내키지 않았다. 여행이라는 단어가 전혀 즐겁지 않았다.

"나는 됐어."

"왜?"

할머니의 눈이 휘둥그레졌다. 이제부터 공부해야 한다는 적당한 이유를 붙이고는 입을 다물었다. 오늘 된장국은 왠지 유독 짜게 느껴졌다.

"잘 먹었습니다."

젓가락을 내려놓고 그대로 방으로 향했다.

어렸을 적에는 가족끼리 자주 외출했다. 여행을

좋아하는 할머니 때문이기는 했지만, 부모님도 나도 즐겁기는 마찬가지였다. 다만 멀리 떠나기에는 비용이 만만치 않으니 기껏해야 가까운 곳으로 나들이를 가는 정도였다. 가장 좋아한 곳은 센다이에 있던 대형 펫숍이었다. 한때는 주말마다 아버지가 운전하는 차를 타고 펫숍으로 향했다. 그곳에서 무언가를 사지는 않았지만 강아지와 고양이, 토끼, 햄스터 같은 귀여운 동물을 보고 어머니와 함께 귀여워하며 웃었다. 때로는 점원에게 동물들과 함께 사진을 찍어달라고 부탁한 적도 있었다. 집에서는 기르지 못하는 만큼 그곳에서 즐거운 시간을 듬뿍 보냈다.

— 오늘 햄스터 보러 갈까?

어머니가 물어볼 때마다 폴짝폴짝 뛸 정도로 신이 났다. 그러나 언제부터인가 어머니와는 거의 외출하지 않았다. 반항기여서 그랬을지도 모르겠다. 그러나 과연 그뿐이었을까? 귀가 들리지 않는 어머니가 부끄러웠기 때문은 아닐까?

외출하면 좋든 싫든 수어를 사용하는 모습이 남

들의 눈에 보일 수밖에 없다. 우리를 어떻게 바라볼까? 불쌍하다고? 아니면 이상하다고? 어느 쪽이든 평범한 사람이라고 생각하지는 않을 것이다. 그게 치가 떨리게 싫었고 항상 신경을 곤두세워야 하는 건 더더욱 싫었다. 그래서 나는 어머니와 나란히 걷기를 그만두었다.

밥을 먹고 방에서 게임을 하고 있는데 어머니가 조심스레 방문을 두드렸다.

— 왜?
— 할머니가 다 같이 여행 가고 싶으시다는데.
— 또 그 이야기야? 나는 됐어. 정 가고 싶으면 나는 집이나 지키고 있을게.
— 다이만 두고 어떻게 그래.
— 어차피 난 공부해야 돼.
— 가고 싶은 고등학교라도 있는 거니?

사실 딱히 없었다. 구체적으로 장래를 그려본 적도 없다. 침묵을 지키자 어머니가 천천히 손을 움직였다.

— 엄마랑 같이 가는 게 싫어서 그러니?

어머니의 수어를 두 눈으로 보고도 믿을 수가 없었다.

"아니야!"

나도 모르게 큰 소리를 내고 말았다. 어머니는 나를 지그시 바라보고 있었다. 무심코 시선을 피할 뻔했지만, 꾹 참고 한 번 더 대답했다.

— 그런 거 아니야.
— 그래. 알았어.

그 대답만 남기고 어머니는 방에서 나갔다. 조용히 닫히는 문틈 사이로 보인 어머니의 표정이 서글퍼 보였다. 마음을 바로잡고 게임을 다시 시작했으나 전혀 흥이 나지 않았다. 눈앞에 아른거리는 어머니의 서글픈 표정에 집중이 되지 않아 컨트롤러를 집어 던졌다. 사실은 같이 가기 싫으면서 그렇지 않다고 대답한 내가 뻔뻔하게 느껴졌다.

그 뒤로 할머니도 어머니도, 가족 그 누구도 다

함께 외출하자는 이야기를 꺼내지 않았다. 그게 얼마나 슬픈 일인지 그때는 몰랐다. 그저 귀찮은 일로 고민할 시간이 줄었다고 안도했다.

어른이 되고 고향 집에서 보관하던 앨범을 볼 기회가 있었다. 세 권의 앨범을 차례로 넘겨보았다. 신혼 시절의 부모님부터 갓 태어났을 때의 내 모습, 유치원 운동회, 초등학교 입학식과 졸업식, 가족끼리 놀러 갔던 날 등 다양한 장면이 박제되어 있었다. 하지만 세 권을 다 본 다음에야 내가 중학생이 된 이후의 사진이 없다는 사실을 깨달았다. 몇 번이나 페이지를 뒤적이며 구석구석 살펴봤지만 단 한 장도 찾을 수 없었다.

중학생 무렵의 나는 어머니와 외출하고 어머니와 나란히 걷고 어머니와 함께 사진을 찍는 그 모든 일을 거부했다. 부모님이 장애인이라는 사실을 누구에게도 들키고 싶지 않았다. 그래서 무례하고 어처구니없는 이유를 핑계 삼아 어머니에게 추억을 빼앗았다. 그러나 그 전부를 반항기라는 이름으로 정당화할 수는 없었다. 지금은 무척 후회하고 있다. 하지만 아무리 후회한들 시간을 되돌릴 수 없고 과거를 되찾

을 수도 없다. 어머니가 잃어버린 소중한 시간은 두 번 다시 돌아오지 않는다. 그 소중함을 상상조차 못 했던 당시의 나는 정말로 치기 어렸던 아이였다.

제11화

들리는 나의 장래를
이해할 수 없는 어머니

그때까지 장래라고는 고민해 본 적이 없었는데 3학년이 되자마자 분위기가 급변했다. 주어진 환경 속에서 떠밀려 가듯 살아온 아이들에게도 점차 선택지가 늘어갔다. 그중 하나가 진학할 학교를 고르는 일이었다. 3학년이 된 지 얼마 안 되었을 무렵, 종례 시간에 진로 희망 조사라고 적힌 프린트를 받았다. 종이가 다 배부되자 선생님이 진지한 말투로 설명하기 시작했다.

"올해는 드디어 고등학교 입학 시험을 치르게 됩니다. 그 전에 가고 싶은 고등학교에 대해 부모님과 논의한 후 희망 학교를 적어 오세요."

장래 희망에 대해 탐색해 볼 기회는 종종 있었다. 초등학생 때는 미래의 나를 주제 삼아 그림을 그리는 수업도 있었다. 그때 난 무엇을 그렸더라. 아마 당시에 푹 빠져 있던 드라마나 만화의 영향으로 만화가나 연예인에게 막연한 동경심을 품고 장래 희망으로 삼았던 것 같다. 결코 현실적이지 않을 뿐더러 지금의 나와도 맞지 않는 미래였다.

솔직히 그다지 앞날이 밝아 보이지도 않았다. 장애인 부모를 둔 나에게 다른 아이들과 같은 미래가 기다리고 있을까. 나는 부모님 곁에 머물며 그들을 보살펴야 한다. 그러면 선택지도 당연히 좁아진다. 들리지 않는 부모님에게서 태어난 순간부터 남들보다 적은 수의 카드를 손에 쥐고 세상과 억지로 타협하며 살아갈 수밖에 없는 것이다.

선생님이 가끔 언급하는 자유와 가능성이라는 단어는 허무맹랑한 소리로밖에 들리지 않았다. 그런 건 소수의 아이만이 손에 넣을 수 있다. 처음부터 울타리 밖에 있었던 나는 인내와 타협을 양손에 쥐고 어떻게든 살아갈 수밖에 없다.

"다들 심사숙고해서 다음 주까지 제출하도록 하세요."

소란스러운 분위기 속에서 나 홀로 조금씩 침잠해 가는 듯했다.

결국 내 성적으로 무난히 진학할 만한 고등학교 이름을 써냈다. 물론 가족들과는 의논하지 않았다.

진로 문제를 논하기엔 조부모님은 옛날 사람이었고 부모님은 이야기해 봤자 모를 것 같았다. 실제로 부모님에게 주어진 선택지는 농학교뿐이었다. 그러니 공부해서 꿈을 이룬다는 것 자체를 상상할 수 없었다. 게다가 장애인은 일단 기술을 익혀야 한다고 배웠다. 그 일을 하고 싶은지는 상관없다. 할 수 있는 일을 하면서 살라고 교육받았을 것이다. 그런 시대를 살아온 부모님에게 장래 희망을 논의한들 수긍할 만한 대답을 얻지는 못할 듯했다.

진로 희망 조사를 제출하고 며칠이 지나 선생님이 말했다.

"여러분이 작성한 희망 학교를 바탕으로 부모님과 삼자 면담을 진행하겠습니다. 그때 장래 희망에 대해서도 이야기를 들어보겠습니다."

부모님과 함께 장래를 논한다는 상상만으로도 마음이 무거워졌다. 애초에 어머니가 선생님의 말을 이해할 수 있을까. 방과 후 나는 선생님에게 물어보기 위해 교무실로 찾아갔다.

"선생님. 저희 부모님이 귀가 들리지 않는데요."

"아 참, 그랬지."

"그러면 삼자 면담은 어떻게 해야 할까요?"

"아, 그거 말이구나. 부모님 말고 오실 수 있는 분은 없어?"

"할머니는 오실 수 있을 것 같아요."

"그럼, 할머니 모시고 와."

"알겠습니다. 전해둘게요."

할머니는 할머니대로 안 좋은 의미에서 눈에 띌 테니 어떻게든 피하고 싶었다. 그러나 뾰족한 수가 없었다. 본인이 장래를 결정하라 하지만 마지막에는 가족이 개입해야 한다. 선생님의 말에 담긴 모순을 납득하지 못한 채 삼자 면담 날을 맞이했다.

수업이 다 끝난 뒤 현관 신발장을 서성이는데 할머니가 어머니를 데리고 왔다. 두 사람 다 평소보다 예쁘게 차려입은 모습을 보니 쑥스러운 기분이 들었다.

"다이, 많이 기다렸지."

할머니 옆에서 어머니도 미소 짓고 있다. 검은 원피스를 입은 어머니의 얼굴에는 왠지 모를 진지함도 서려 있었다. 두 사람을 데리고 교실 앞까지 갔다. 복도에는 순서를 기다리는 반 친구와 친구 부모님이

의자에 앉아 있었다. 하지만 우리처럼 할머니와 어머니가 함께 온 집은 없었다. 다른 아이의 시선이 따가웠다. 왜 할머니도 같이 왔는지 의문스러웠을 것이다. 마음 한켠에 불편함을 느끼며 어서 시간이 흐르길 기다렸다.

복도에 앉아 대기하는데 교실 문이 열렸다. 반 친구와 어머니가 나왔다. 두 사람은 고개를 숙여 인사하고는 이내 자리를 떴다. 뒤이어 선생님이 웃는 얼굴을 내밀었다.

"오래 기다리셨어요. 이가라시 씨, 들어오세요."

삼자 면담은 곧바로 진행되었다. 선생님은 할머니에게 내 성적이면 지망 학교에 무난히 합격할 것 같다고 했고, 할머니 또한 공부를 안 하는 것 같아 걱정했는데 다행이라며 웃었다.

그리고 어머니는 옆에서 미소 짓고 있었다. 선생님이 한 말도 할머니의 대답도 어머니에게는 닿지 않았을 것이다. 교실에서 오가는 아들의 장래 문제를 어머니는 티끌만큼도 알아듣지 못한 채 혼자 단절되었다. 그런 어머니를 아랑곳하지 않고 선생님과 할머니는 온화한 분위기 속에서 대화를 이어갔다.

그쯤 되니 장래는 어떻게 되든 상관이 없었다. 어머니와 함께 당장이라도 이 자리에서 벗어나고 싶다는 소망만이 머리를 가득 채웠다.

여름 방학을 맞이할 무렵 같은 반 친한 친구가 물었다.

"야, 다이. 너 학원 다닐 거야?"

학원에 다니겠다는 생각은 해본 적이 없었다. 어머니가 공부하라고 강요하지도 않으셨지만, 애초에 성적이 좋은 편이어서 필요성을 느낀 적이 없었다. 하지만 입시를 앞두게 되니 학원을 다니며 대비를 해두어야 할 것 같았다.

— 학원 여름 방학 특강에 등록할까 하는데.

집으로 가 어머니에게 조심스럽게 말을 꺼냈다. 학원을 마음 놓고 등록할 수 있을 만큼 우리 집은 경제적으로 여유롭지 않았다. 그래서 시내에서도 비교적 수강료가 저렴한 학원을 골라 제시했다. 어머니는 내 말에 미소 지으며 고개를 끄덕였다.

─ 다이가 다니고 싶다면 당연히 가야지.

고마움 위로 어두운 그림자가 드리워졌다. 어머니는 무슨 생각을 하고 있을까. 내가 어떤 사람이 되기를 바랄까.

─ 엄마는 내가 학원 다녔으면 좋겠어?
─ 글쎄. 하지만 나보다는 다이 네 의견이 더 중요하지 않을까?
─ 다른 친구들도 입시 대비하러 간대. 그러니까 나도 가는 게 좋지 않을까 싶어서.
─ 그러면 가야지.

그때 어머니는 진지하게 내 고민을 들어주었다. 어머니는 언제나 내가 하고 싶은 일에 반대하지 않았다. 나의 의사를 존중하고 응원해 주었다. 그러나 불투명한 미래를 마주한 나는 단순한 지원이 아닌 올바른 방향을 제시해 주길 바랐다. 내 판단이 잘못되었다면 부모로서 끝까지 반대하고 올바른 길로 나아갈 수 있도록 설득해 주길 바랐다.

다만 공부로 자신의 길을 개척해 본 적이 없는 어머니는 아마 고등학교 진학이 얼마나 중요한 일인지 이해할 수 없었을 것이다. 결국 나는 학원에 다니기로 결심했다. 학원에 다니자 금세 성적이 올랐다. 특강 덕분에 어려워했던 수학과 사회를 극복했고 원래 성적이 좋았던 영어는 틀리는 문제가 없을 정도였다. 이대로라면 삼자 면담 때 정한 지망 학교는 무난히 합격할 듯 싶었다. 그래서 지망 학교의 수준을 올리기로 했다.

가을이 되자 교정의 나무는 단풍이 물들었고 교복은 긴소매로 바뀌었다. 다들 동아리 활동을 마무리하고 입시 공부에 전념했다. 그리고 나는 선생님에게 지망 학교를 바꾸겠다고 통보했다.

"열심히 공부하면 괜찮을 것 같긴 한데, 부모님과는 상의했니?"

물론 상의하지 않았다. 어차피 좋다는 대답만 돌아올 테니 진로는 나 혼자 정할 수밖에 없다. 선택에 확신이 없어 불안했지만 달리 방도가 없었다.

"네, 부모님도 알고 있어요."

"그래. 그럼 열심히 해봐."

새로 정한 학교에 합격하려면 더욱 열심히 공부해야 한다. 여유는 눈곱만큼도 없었다. 수업이 없는 날에도 학원 자습실에 가서 치열하게 공부했다. 같은 고등학교를 지망하는 친구와 같이 합격하면 좋겠다며 격려했다.

내가 살던 도호쿠 지방은 겨울이 되면 대설이 내린다. 시험 당일에도 아침부터 무릎까지 올 정도로 많은 눈이 쌓여 시험장에 도착할 무렵에는 신발이 흠뻑 젖어 있었다. 시험 시간 동안 집중해서 문제를 풀었다. 모르는 문제는 넘기고 확실하게 답할 수 있는 문제만 빈칸을 채워나갔다. 느낌이 좋았다. 어쩌면 커트라인을 아슬아슬하게 넘길 수 있을 거 같기도 했다. 불안과 기대가 뒤섞인 채 집으로 향했다.

그러나 결과는 불합격이었다. 함께 시험을 친 친구와 합격 발표를 보러 갔는데 게시판에 내 수험번호만 없었다. 귀가한 나의 얼굴을 보고 어머니는 불합격 사실을 알아차린 모양이었다. 어머니는 안쓰러운 얼굴로 위로의 말을 건넸다.

— 최선을 다했잖니. 그거면 됐어. 기운 내렴.

최선을 다했으니 그걸로 됐다고? 그 말은 내게 전혀 위로가 되지 않았다. 어머니가 조금 더 성심성의껏 고민을 들어주었더라면, 어머니께 조금 더 의지할 수 있었더라면 이렇게 되지는 않았을 거다. 어머니의 귀가 들리기만 했더라면 공부에 대한 걱정도 장래에 대한 불안도 전부 털어놓을 수 있었을 텐데. 이게 다 들리지 않는 어머니 탓이다.

— 이럴 거면 왜 날 낳은 거야!

정신을 차리고 보니 수어와 구화를 섞어 어머니에게 애꿎은 화풀이를 쏟아내고 있었다.

— 엄마가 조금만 더 신경 써줬으면 안 떨어졌을 거라고! 전부 엄마 때문이야! 엄마가 귀가 안 들리니까 나만 힘들잖아. 진짜 짜증나!

울분을 토하는 내게 어머니는 가냘프게 웃었다.

— 미안해. 엄마가 잘못했어, 미안.

순간 말문이 턱 막혔다. 그래서 어머니에게 사과도 하지 않은 채 방으로 뛰어 들어갔다. 사실 어머니는 아무 잘못도 없었다. 단지 내가 끓어오르는 화를 주체할 수 없었을 뿐이다.

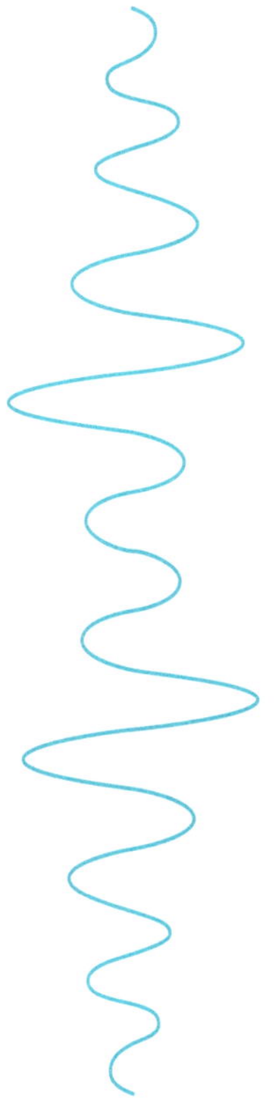

제3장

그리고, 상경

제13화

미소를
위해서라면

공립 고등학교 입시에 실패한 나는 사립 고등학교에 다니게 되었다. 만일의 사태에 대비해 보험용으로 준비한 학교 중 학생들의 대학 진학률에 가장 신경을 쓰는 곳이었다. 사립학교 입시반에 들어갔기 때문인지 주변 어른들은 대학 입시를 생각하면 오히려 잘 된 것 같다고 했다.

어색한 블레이저에 팔을 끼워 넣는 모습을 보고 어머니는 뿌듯하게 웃었다. 넥타이 매는 법을 몰라 쩔쩔매고 있으니 손을 뻗어 도와주었다. 가쿠란 을 입었던 중학교 시절에 비해 아주 조금은 어른스러워진 아들의 모습이 보기 좋았던 모양이다. 원래 가고 싶어 했던 학교는 아니었으나 어머니가 행복해하는 얼굴을 볼 수 있다면 마음을 다잡고 긍정적으로 살아가야지 싶었다.

스탠딩 칼라로 된 일본 교복이다.

하지만 입학하고 반년 정도 지나자 공부를 따라가지 못하게 되었다. 비슷한 수준의 학생들이 모였으니 별반 차이가 나지 않으리라 여유를 부리던 나와는 달리 주변 친구들의 성적은 계속 올라갔다. 정신 차리고 보니 내 등수는 밑에서 세는 편이 빠를 정도로 곤두박질쳐 있었다.

수업 커리큘럼이 대학 입시에 맞게 짜여 있다 보니 진도가 무척 빨랐다. 2년 동안 모든 진도를 다 나가고 3학년 때는 대학 입시 대비 수업을 한다고 한다. 아무리 공부해도 전혀 이해가 되지 않았다. 뒤처져버린 나는 의욕을 완전히 잃었다. 아침에 일어나기 싫어 꾸물대다 지각하는 횟수가 늘어났다. 집을 나섰지만 학교에 가지 않은 날도 있었다. 그런 때는 밖에서 적당히 시간을 보내다 집으로 돌아갔다. 입학한 이유를 잃어버리기까지 그리 오래 걸리지 않았다.

게다가 학비가 엄청나게 비쌌다. 높은 합격률을 자랑할 정도로 입시 지도에 힘을 쏟는 학교였으니 당연하다면 당연하다. 그러나 그곳에서 낙오된 내가 고액의 등록금을 내면서까지 계속 다녀야 할 이유가 있을까. 자퇴할까 수도 없이 고민했지만 결국 어머니에게는 속마음을 드러내지 못했다.

1학년이 끝나갈 무렵이었다. 하루는 어머니가 느닷없이 이야기를 꺼냈다.

—아르바이트를 해볼까 해.

인근 슈퍼마켓의 반찬 코너에서 사람을 뽑는다고 했다. 결혼 후 줄곧 전업주부로 살았던 어머니가 오랜만에 일에 의욕을 보였다. 하지만 이유는 그뿐만이 아니었을 것이다. 학비가 부담인 게 분명했다. 가계에 조금이라도 보탬이 되고자 아르바이트를 하기로 결심한 듯했다.

나는 즉각 반대했다.

—엄마가 어떻게 일을 해.

어머니는 괜찮다며 미소를 지었다. 하지만 정말로 그럴까? 귀가 들리지 않는 어머니가 청인들 사이에서 일하는 모습은 상상하기 어려웠다. 상사의 지시도 들리지 않고 동료와 수다도 떨 수 없다. 손님에게

인사도 못 한다. 안 좋은 일을 겪을 게 틀림없다. 누군가가 나쁜 말을 할 수도 있지만, 어머니는 그 험담조차 듣지 못한다. 고독감 속에서 일해야 한다니 상상만으로 괴로웠다. 소리로 가득한 세상에서 들리지 않는 어머니가 할 수 있는 일은 거의 없었다.

나는 총알처럼 말을 마구 쏘아댔다. 처음에는 웃고 있던 어머니도 나의 사나운 표정을 마주하고는 입을 꾹 닫았다. 그러나 나는 감정이 솟구쳐 말을 멈출 수 없었다.

— 굳이 나서서 상처받을 필요 없어. 괴롭힘이라도 당하면 어쩌려고 그래! 돈이 없으면 내가 대신 일할게.

나의 단호한 태도에 어머니는 알겠다며 눈꼬리를 축 늘어뜨렸다. 그 이후 어머니는 밖에서 일하고 싶다는 이야기를 단 한 번도 하지 않았다. 그때는 어머니에게 잔혹한 말만 쏘아붙였다는 사실을 전혀 알아차리지 못했다. 나는 그저 차별이 있는 세상에 제 발로 들어갔다가 상처 입는 모습을 보고 싶지 않았

을 뿐이었다. 어머니를 좋아하는 만큼 늘 웃기를 바랐다. 하지만 이는 매우 모순된 마음이었다. 어머니의 미소가 소중하다고 생각하면서도 그 누구보다 어머니께 상처를 주는 사람은 바로 나였다. 나도 그런 나를 이해할 수가 없었다. 어머니를 좋아하는데, 싫어한다. 상반되는 감정 사이에서 갈피를 못 잡는 나 자신을 능숙하게 통제할 수가 없었다.

하지만 그때는 분명 어머니가 마음 아파하지 않기를 바랐다. 무심한 말 한마디에도 표정이 어두워진다는 걸 알기에 장애인을 이해하지 못하는 외부 세계에서 상처받는 게 싫었다. 장애인에 대한 무정한 말과 태도로부터 가능한 한 멀리 떨어져 있었으면 했다. 그뿐이었다.

그래서 나는 아르바이트를 시작했다. 교칙상 아르바이트는 금지였지만 집안 형편에 보탬이 되어야 했다. 아르바이트비는 매달 어머니에게 건넸다. 그때마다 어머니는 괜찮으니 필요한 데 쓰라고 말했지만 완강히 거절했다. 어머니가 그 돈을 고스란히 저축했다는 사실을 안 것은 시간이 조금 흐른 후였다.

입시반에 있다 보니 입학했을 때부터 대학 진학에 대해 강하게 의식되는 순간이 많았다. 반 친구와 대화할 때도 어느 대학을 목표로 할지가 종종 화제에 올랐고 졸업생이 학교를 방문해 입시 경험담을 들려주기도 했다. 그런 환경이다 보니 자신의 미래에 대해 깊이 생각해 본 적 없는 사람도 필연적으로 장래를 생각할 수밖에 없다. 나는 뭘 하고 싶을까. 그 무렵 늘 스스로에게 되물었던 기억이 난다.

3학년이 되면 진학을 신경 쓰는 분위기가 더욱 짙어진다. 학생들은 문과와 이과로 나뉘어 그에 맞는 수업을 받는다. 그때까지도 진로를 정하지 못한 나는 중간에 포기해도 생활에 도움이 될 거라는 생각에 이과를 선택했다. 그러나 영 소질이 없었는지 수학이나 화학, 생물 모두 매번 낙제에 가까운 성적을 받았다. 이과 계열로 진학하기에는 절망적인 수준이었다.

그러다 문득 무언가를 표현하는 일이 하고 싶어

졌다. 그 대상은 막연했지만, 어릴 적부터 부조리한 환경에 분노한 적이 많았던 나는 그 감정을 어떠한 형태로든 표현하는 일이 하고 싶어졌다. 그래서 표현에 대한 전반적인 것을 배울 수 있는 예술 대학에 지망하기로 했다. 일단 목표를 정하니 그 뒤로는 일사천리였다. 입시 자료를 요청하고 입학하기 위해 필요한 것을 조사했다.

나는 도서관과 서점에 죽치고 앉아 입시 경향과 학교가 원하는 인재상에 대해 철저하게 알아보기 시작했다. 하지만 찾아볼수록 벽에 가로막히는 느낌이 들었다. 지망하려는 대학은 다른 도시에 있어서 시험을 치르려면 신칸센을 타야 한다. 게다가 2차 시험은 하루에 끝나지 않으니 숙박비도 든다. 시험 비용에 합격한 뒤 등록금까지 비용이 만만치 않았다.

아무리 계산해 보아도 아르바이트만 해서는 학비에 생활비까지 마련하기는 힘들 것 같았다. 학비야 학자금 대출로 어떻게 마련한다 해도 방을 구하고 살림살이를 장만할 여력도 없다. 부모님께 말씀드리면 어떻게든 돈을 마련해 주겠지만 부담을 주고 싶지는 않았다.

— 엄마, 나 이 대학에 가고 싶어.

— 결정한 거니?

— 응. 여기라면 하고 싶은 일을 발견할 수 있을 것 같아서.

— 잘됐네.

— 그런데 등록금이 만만치 않아. 응시 비용도 비싸고.

어머니는 내 이야기를 듣더니 소중히 간직해 두었던 봉투를 꺼내왔다.

— 이게 뭐야?

— 다이 네가 아르바이트한 돈이야.

— 이걸 모아두었다고?

어머니의 재촉에 봉투를 들여다보니 그 안에 수십만 엔이나 되는 돈이 들어 있었다.

— 부족한 돈은 우리가 어떻게든 마련할 테니까 걱정 말고.

그 말대로였다. 시험 비용에 이사 비용까지 합하면 턱없이 부족했다.

— 엄마, 고마워.
— 괜찮아. 그러니 아무 걱정하지 마.

하지만 얼마 지나지 않아 아버지의 월급이 대폭 삭감되었다. 장애인 전형으로 취직한 아버지의 월급이 청인보다 낮다는 건 알고 있었다. 게다가 고등학교에 입학한 직후부터는 보너스도 나오지 않았다. 일이 줄기는커녕 주말에도 몸이 부서져라 일했다. 그나마 부모님의 장애인 연금이 있기에 어찌저찌 생활을 꾸려나갈 수 있었다.

부모님께서는 그러한 상황을 일절 입에 올리지 않았다. 하지만 우연히 그러한 사실을 알게 되었다. 언젠가 두 분이 어두운 표정으로 수어를 나누고 있었는데, 분위기를 보아하니 결코 즐거운 주제는 아닌 듯싶었다. 집중해서 수어를 읽어내니 생활에 여유가 없다는 이야기였다. 두 분의 이야기를 보고 결심을 굳혔다.

─ 나 대학 안 가려고.

내 폭탄 선언에 부모님 모두 놀란 표정으로 반대했다. 그러고 보니 내가 하려던 일을 반대한 것은 그때가 처음이었다.

─ 왜?
─ 그냥. 딱히 대학에 안 가도 먹고 사는 데는 문제 없으니까.
─ 그럼 곧바로 취직할 거니?
─ 그건 모르겠어. 당분간은 아무것도 안 할 거야. 생각을 좀 한 다음에 결정할래.
─ 그러면 안 돼.
─ 벌써 결정했어. 선생님에게도 이야기했고.

부모님이 아무리 반대해도 내 결심은 흔들리지 않았다. 누구의 잘못도 아니다. 그저 운이 없었을 뿐이었다. 이때만큼은 장애가 있는 부모님을 원망하고 싶지 않았다.
"개교 이래로 대학에 안 간 학생은 너뿐일 거다."

선생님의 비아냥은 한 귀로 흘렸다. 고등학교를 졸업하고 새로운 길로 나아가는 친구들 모습은 눈이 부실 정도였다. 나는 애초에 그들과 가는 길이 달랐다는 말로 스스로에게 주문을 걸었다.

제15화

차별하는 사회에 복수하다

나는 왜 표현하고 싶어 할까. 대학 진학을 포기했을 즈음부터 그 물음만이 내 머릿속을 지배했다. 사회에 대한 분노를 표현하고 싶다는 갈망이 깔려 있었을까? 자문자답을 거듭한 끝에 얻은 답은 아주 간단했다.

어머니와 나를 무시해 온 사람들에게 보란 듯이 잘 살고 싶다.

귀가 들리지 않는 장애인이라는 이유만으로 차별 받아온 어머니와 장애인의 아들이라 하대받은 나. 아무런 잘못도 하지 않았건만 사회는 언제나 우리에게 편견 어린 시선을 보내왔다. 그래서 보란 듯이 성공해 사회에 복수하기로 결심했다. 하지만 대학을 포기한 나에게 무엇이 남아 있을까. 나는 배우가 되기로 했다. 텔레비전에 나올 정도로 유명해지면 누구에게나 인정받지 않을까 싶었다. 돌이켜보면 아주 얄팍한 이유였으나 그때는 진지했다.

나는 고등학교를 졸업하기 전부터 오디션을 보러 다녔다. 졸업할 무렵에는 도쿄의 한 연예 기획사에 연습생으로 입사했다. 정기 수업과 오디션이 있는 날만 도쿄로 상경하는 생활이 시작되었다.

어머니는 구체적인 꿈을 향해 나아가는 나를 열심히 응원해 주었다.

— 다이가 텔레비전에 나오면 자랑해야겠네.

— 빨리 데뷔할 수 있도록 열심히 할게. 기대해도 좋아.

그러나 현실은 호락호락하지 않았다. 기획사에 소속되었던 2년 동안 크게는 영화와 드라마 단역부터 작게는 재현 배우까지 여러 오디션에 참가했다. 하지만 서류 단계에서 떨어지기 일쑤였고 합격했다고 해도 2차 심사까지였다.

번번이 낙방한 이유를 알 수 없었다. 기획사 수업 이외에도 따로 발성 트레이닝과 댄스 수업, 연기 수업도 받았다. 빨리 데뷔해서 보란 듯이 성과를 내고 싶다는 열망만이 나를 채찍질했다. 물론 수업은

공짜가 아니다. 기획사 수업에 연간 수십만 엔, 그 이외의 비용으로도 매달 수만 엔이 날아간다. 어머니가 쓰지 않고 모아두었던 아르바이트비는 금세 바닥이 났다. 나는 데뷔에 필요한 비용을 메우기 위해 동분서주했다.

그렇지만 언제 오디션이 들어올지 모르기 때문에 시프트제 아르바이트 를 하기에도 어려움이 있었다. 결국 갈 데까지 간 도박 폐인처럼 파친코에서 돈을 벌어다 쓰기 시작했다. 남들 눈에는 제대로 된 회사에 다니지 않고 도박에 빠져 사는 몹쓸 인간으로 비추어졌을 것이다. 실제로 주위 사람들로부터 취직하라는 말을 귀에 못 박히도록 들었다. 그래도 돈이 모자라 도쿄로 가는 교통비와 수업 비용 일부를 내지 못한 적도 있었다. 그럴 때면 어머니는 아무 말 없이 돈을 내주었다.

— 꼭 갚을게.
— 대학 등록금 대신이니까 괜찮아.

고정 시간이 아니라 자신이 일할 수 있는 때에 맞춰 근무하는 아르바이트 형태를 가리킨다.

면목 없는 얼굴로 돈을 받을 때마다 어머니는 늘 미소를 지어 보였다. 그리고 열심히 하고 오라며 기운을 북돋아 주었다.

그러나 행운은 내 편이 아니었다. 기획사에 소속된 지 2년 정도 지났을 무렵이었다. 내년에도 열심히 할 수 있겠냐는 사장의 말에 순순히 고개를 끄덕일 수가 없었다. 파친코로 돈을 벌면서 비는 시간에 틈틈이 단기 아르바이트도 했지만 더 이상 불확실한 장래에 걸 돈이 없었다.

물론 1년만 더 열심히 하면 데뷔할지도 모른다. 그러나 그러지 못한다면 또 수십만 엔을 길바닥에 뿌리는 셈이 된다. 애초에 나에게 가능성이라는 게 있었는지 의문이다. 기획사에게 나는 꼬박꼬박 수업비가 나오는 자판기가 아니었을까. 이리저리 고민한 끝에 나는 기획사에서 나가기로 했다. 퇴소 의사를 들은 사장의 얼굴에서 아쉬움은 찾아볼 수 없었다.

마지막 수업이 끝나고 도쿄에서 집으로 돌아가는 신칸센 안에서 소리 죽여 울었다. 비참했다. 나에게 매력과 재능이 있었더라면 진즉에 데뷔했을 텐데. 아니, 돈만 있었더라면 1년은 더 악착같이 매달려 볼 수 있었을 텐데. 아니, 그것도 아니다. 정말로 배우가 되고 싶었다면 아무리 궁핍하더라도 포기하지 않았을 것이다. 끈질기게 꿈을 좇지 않은 나는 그저 근성이 없는 어중간한 인간에 불과했다. 그런 주제에 보란 듯이 성공하기를 바라다니, 어불성설이었다. 좌절감에 짓눌린 채 집으로 돌아갔다.

— 기획사 그만뒀어.
— 왜? 지금까지 열심히 해왔잖니.
— 아냐. 이제 됐어.
— 다이라면 분명 잘 해냈을 텐데.

어머니의 위로가 괴로웠다. 나는 성공하기는 커녕 어머니의 자랑스러운 아들조차 되지 못했다.

— 괜찮아. 이제 일자리나 알아봐야지.

꿈을 잃은 것보다 장애인의 아들도 훌륭하게 자랄 수 있다는 사실을 증명하지 못한 것이 못내 가슴 아팠다.

제16화

수어를 해줘서 고마워

배우를 지망했던 2년이라는 시간 속에서 잊으려야 잊을 수 없는 일이 있었다. 지금 돌이켜보면 나와 어머니의 관계를 명확하게 보여준 사건처럼 느껴진다. 그만큼 충격적이었고 아직도 가슴속 깊이 새겨져 있다. 떠올릴 때마다 목이 메어 온다.

내가 스무 살 때의 일이었다. 코앞으로 다가온 성인식을 앞두고 정장을 마련해야 했다. 대학에 갔더라면 입학식용으로 사 두었을 테지만 진즉에 포기했던 터라 내게는 정장이 없었다. 이 기회에 사 두어서 나쁠 건 없겠다 싶어 어머니와 센다이까지 나갔다.

예산이 넉넉하지 않아 우리는 기성복을 구매하기로 했다. 점원이 추천해 준 재킷을 걸쳐 보았다. 넥타이를 매고 구두까지 갖춰 신으니 어머니가 잘 어울린다며 신나 했다. 이리 보고 저리 보아도 거울 속에는 평범한 남자밖에 없는데, 눈에 콩깍지가 씐 어머니를 보니 나도 모르게 웃음이 나왔다.

"그럼 이걸로 주세요."

신중하게 고를 만큼 이렇다 할 취향도 없기에 곧바로 적당한 가격의 정장을 결제하고 가게를 나섰다. 시간은 점심시간이 막 지난 후였다. 아무것도 먹지 않아 배가 고팠던 우리는 이탈리안 레스토랑에서 점심을 먹고 귀가하기로 했다.

메뉴판을 보는 어머니의 표정이 왠지 모르게 즐거워 보였다.

— 왜 그래?

— 이런 곳에 우리 둘이 오는 건 처음이잖니. 왠지 신나서.

— 별게 다 신나네. 메뉴나 빨리 골라.

점원을 부르고 파스타 2인분과 샐러드를 주문했다. 그러자 점원이 물었다.

"맵기는 어떻게 할까요?"

알고 보니 어머니가 시킨 파스타는 맵기를 조절할 수 있다고 한다. 하지만 점원의 물음은 어머니에게 닿지 않았다.

─ 맵기 정도를 바꿀 수 있대. 어떻게 할까?

─ 아 그렇구나. 그럼 '약하게'가 좋을 것 같아.

─ 알았어.

맵기를 약하게 해달라고 하니 점원은 알겠다고 고개를 숙인 후 돌아섰다. 어머니는 점원의 뒷모습을 눈으로 좇았다. 파스타는 맛있었다. 조금씩 나눠 먹으며 순식간에 그릇을 비웠다. 식후에 어머니는 커피를, 나는 아이스티를 주문하고 한 시간 조금 안 되게 수다를 떨었다.

계산대 앞에서 지갑을 꺼내려는 어머니를 만류하고 내가 계산했다. 가게에서 나온 어머니는 과장되게 머리를 숙였다.

─ 고마워. 아들 덕분에 잘 먹었어.

딱히 비싼 금액도 아닌데. 어머니의 오버에 웃으면서 역으로 향했다. 전철 내부는 혼잡했지만 마침 두 자리가 비어 나란히 앉았다. 센다이에서 집 근처 역까지는 30분 정도 걸린다.

─오랜만에 쇼핑했더니 조금 피곤하네.

─그러니?

─응. 뭐가 뭔지 몰라서 엄청 피곤했어.

수어로 이야기하자 어머니는 기분 좋게 대답했
다. 그 무렵에는 밖에서 어머니와 수어로 대화하는
데에도 더 이상 거부감을 지니지 않게 되었다. 무시
할 테면 하라며 마음을 고쳐먹었다. 전철 안에서 누
군가 우리를 무시한다고 해도 그 순간만 참으면 그
만이다. 그 사람과 내일도 모레도 얼굴을 맞댈 일이
없으니 신경 쓸 필요 따윈 없는 것이다.

30분 동안 쉴 새 없이 대화를 이어 나갔다. 성인
식 때 처음 정장을 입는 데 대한 쑥스러움, 아르바이
트할 때 만난 재미있는 손님, 최근 푹 빠져 있는 드라
마 줄거리, 수업 내용과 기획사에서 생긴 친구, 하잘
것없는 이야깃거리뿐이었지만 어머니는 흥미로워하
며 고개를 끄덕거렸다.

그리하여 집 근처 역에 도착해 전철에서 내린
순간이었다. 어머니가 잠시 발을 멈추고 손을 움직여
고맙다고 이야기했다. 고마울 게 뭐가 있을까. 점심

값을 내기는 했으나 정장을 사준 건 어머니다. 오히려 고마워해야 할 사람은 나였다.

—뭐가?

어머니가 천천히 손을 움직였다.

—전철 안에 사람들도 많았는데 수어로 이야기했잖아. 그게 고마워서. 오늘 무척 즐거웠어.

그러고 어머니는 앞을 향해 걸어 나갔다. 하지만 나는 뒤쫓아가지 못했다. 역 플랫폼에 우두커니 선 채 오열했다. 주위 사람들이 이상하다는 듯 나를 돌아보았으나 주변의 시선을 의식할 여유도 없이 마냥 눈물을 흘렸다.

자식이 부모와 대화를 나누는 건 당연한 일이다. 하지만 그런 당연한 일에도 기뻐할 정도로 나는 어머니를 숨 막히게 하고 있었던 것이다. 레스토랑에서 어머니가 고맙다고 한 것도 밥값을 냈기 때문이 아니라 아마 점원이 보는 앞에서 수어를 사용했기

때문이리라.

수어를 사용하는 것도, 어머니의 귀가 들리지 않는 것도 줄곧 창피하게 여겼다. 그래서 나는 수어를 사용하지 않았고 어머니와 외출도 하지 않았다. 그 사실이 어머니를 그토록 몰아세웠을 줄은 상상도 하지 못했다. 하지만 어머니는 그런 나를 원망하지 않고 오히려 고맙다며 머리를 숙였다.

그 심정을 헤아리자 눈물이 멈추지 않았다. 어머니에게 한 짓들에 대한 죄책감과 후회, 그리고 자신에 대한 수치스러움, 하릴없는 감정 속에서 나는 한 걸음도 내디딜 수 없었다.

제17화

어머니를 외면하고
상경하다

배우가 되겠다는 꿈을 포기한 나는 바로 구직 활동에 나섰다. 그러나 고졸에 심지어 2년이라는 공백기 때문에 좀처럼 일자리를 찾기가 힘들었다. 결국 나는 센다이에 있는 이탈리안 레스토랑에서 아르바이트하기로 했다. 성인식 정장을 사러 간 날, 점심을 먹었던 가게다. 어머니와 수어로 대화해도 점원이 이상한 눈초리로 바라보지 않아 좋은 인상을 받았기 때문이다.

알고 보니 그 가게는 인기가 많았다. 점심시간에는 대기 줄이 생길 정도로 손님으로 북적거리는 곳이었다. 나는 일주일에 나흘 혹은 닷새 동안 점심시간에 홀을 담당했다. 손님에게 받은 주문을 주방에 전달하고 손님에게 웃으며 갓 만든 파스타를 서빙했다. 오픈 전 청소부터 피크 타임 이후의 마무리까지 합치면 하루에 여섯 시간 정도 일했지만, 끝나면 매일 같이 녹초가 되었다.

점장과 다른 아르바이트생 모두 좋은 사람들이
었다. 대부분이 언젠가 자신의 가게를 차리고 싶다는
꿈을 지닌 사람들이었는데 근무가 끝나면 카페에서
수다를 떨거나 술을 마시러 가기도 했다. 학창 시절
속을 터놓고 이야기할 수 있는 친구가 거의 없었던
나에게 레스토랑 근무는 어느새 위안이 되어 있었다.

그러나 한편으로는 장래는 외면한 채 하루하루
를 즐기며 현실에서 도피하고 있다는 느낌도 들었
다. 이대로 아르바이트를 전전한다면 과연 그 끝에는
무엇이 있을까. 아르바이트 생활이 즐거울수록 나를
기다리는 미래에 대한 공포심이 몸집을 키워나갔다.

설상가상으로 이웃들도 이런 공포심에 기름을
뿌렸다. 시골은 좁은 곳이라 서로의 집 사정을 훤히
안다. 대학 진학을 포기한 것도, 배우를 하겠다고 나
섰다가 포기한 것도 공공연하게 입에 오르내렸다. 어
른들은 나와 마주치면 방긋 웃으며 말을 건넸다. 하
지만 나는 조금씩 목이 죄이는 듯한 감각을 느꼈다.

"다이, 취직은 어떻게 할 거니?"

"계속 그대로 살면 안 된다는 거 알고 있지?"

"어디 괜찮은 자리 소개해 줄까?"

그런 말 뒤에는 어김없이 부모님에 관한 말이 따라붙었다.

"다이 넌 부모님을 보살펴야 하잖니."

어째서 가족도 아닌 타인의 잔소리를 들어야 할까. 이대로 계속 여기에 있다가는 나는 평생 장애인 부모라는 속박에서 벗어날 수 없을 것이다. 그러면 도망치는 수밖에 없지 않을까. 아무도 나를 모르는 곳으로 도망쳐야 비로소 평범한 인생을 보낼 수 있겠다는 생각이 들었다.

얼마 안 있어 나는 도쿄로 떠나기로 결심했다. 아르바이트비를 최소한으로 아껴 쓰며 상경할 자금을 모았다. 어머니와는 아무런 상의도 하지 않다가 이사 날짜가 잡히고 나서야 이야기했다.

— 나 도쿄로 가려고.

도쿄에서 살 집도 정했고 이사 비용과 살림살이를 장만할 돈도 모아두었다. 이사는 3일 후였다. 그 사실을 담담하게 고하자 어머니는 당혹스러운 표정을 지었다.

― 언제 정했니?

― 전부터 계속 생각했던 거야.

― 왜 이제껏 아무런 말도 안 했어?

― 미안해.

사과밖에 할 수 있는 것이 없었다. 이곳에 있으면 나는 평생 평범하게 살 수 없었다. 장애인 부모를 모셔야 하는 불쌍한 사람으로 보일 뿐이라 도망치는 거라는 진심은 절대 전할 수 없었다.

― 언제까지 아르바이트만 하고 살 수도 없잖아. 도쿄에는 일자리도 많고.

그저 변명에 불과했다. 하지만 그렇게 핑계를 대야 어머니가 반대하지 않으리라는 사실을 알고 있었다. 나는 비겁한 인간이었다. 어머니의 눈을 바라볼 수 없어 고개를 숙여 무릎으로 시선을 떨구었다. 그러자 어머니가 어깨를 부드럽게 토닥였다.

― 그래, 알았어. 열심히 해보렴.

미소를 지으신 어머니의 눈꼬리에는 커다란 눈물이 매달려 있었다. 투명한 물방울이 끊임없이 흘러 볼을 적셨다. 어머니에게 심한 상처를 주었다는 사실이 나를 집어삼켰지만 뒤로 물러설 수는 없었다.

―응. 잘 지낼게.

고작 할 수 있는 말은 그것뿐이었다. 그로부터 3일 후 정말로 필요한 것들만 가방에 욱여넣고 도쿄행 신칸센에 올라탔다. 배웅을 해주겠다는 어머니를 겨우 말리고 혼자서 고향을 떠났다. 좌석에 앉으니 "이 신칸센은 도쿄행입니다."라는 안내 방송이 나왔다. 안내 방송을 들으며 흘러가는 풍경으로 시선을 던지는데 깜짝 놀랄 정도로 눈물이 쏟아져 내렸다.

사실은 어머니의 곁을 떠나고 싶지 않았다. 나는 어머니를 정말로 사랑했다. 들리지 않는 어머니를 지켜줄 수 있는 사람도 나뿐이라 언제까지나 옆에서 보살펴주고 싶었다. 하지만 그 이상으로 평범하지 않다는 세간의 시선이 주는 아픔을 견딜 수 없었다. 대단한 걸 바라지 않았다. 주위 사람들과 마찬가지로

평범하게 살아가고 싶었을 뿐이었다. 하지만 20년을 살면서 그건 이루어지지 않을 소망임을 깨달았다. 우리의 삶을 아는 사람들은 우리가 아무리 웃고 있어도 측은한 눈길을 보낸다. 이제는 한계였다.

몇 번이나 닦아내어도 눈물은 계속 흘러내렸다. 고향을 떠나는 쓸쓸함과 평범하지 않다는 속박에서 벗어났다는 안도감, 어머니를 버렸다는 죄책감이 마구 뒤섞인 추잡스러운 눈물은 도쿄역에 도착할 때까지 멈추지 않았다.

제18화
무언의
부재중 전화

　내가 이사한 곳은 전철 오다큐센이 지나가는 조용한 주택가에 있는 작은 아파트였다. 역에서 먼 데다 연식도 오래되고 좁았으나 평범한 인생이 시작된다는 생각에 해방감으로 휩싸였다. 이 동네에서는 그 누구도 나를 모른다. 아무도 나를 불쌍한 장애인의 자녀라고 여기지 않는다. 지금부터는 쓸데없는 형용사에서 벗어나 자유롭게 살 수 있다.

　그렇지만 곧바로 취업 활동에 나서지는 않았다. 취직이 어렵다는 걸 알고 있었기에 생활비가 바닥나기 전까지 버티며 기회를 살피기로 했다. 일단은 근처 전철역 건물에 입점해 있는 인테리어 잡화점에서 아르바이트를 시작했다.

　그곳은 교외를 중심으로 매장을 내는 체인점이었다. 식탁과 책상 등 대형 가구 이외에도 주방 도구와 문방구, 유아용품 등의 잡화도 취급했다. 음식점 아르바이트 경험은 있으나 판매직은 해보지 않았던 탓에 처음에는 돌아가는 형편을 몰라 혼나기만 했다. 그러나 점장이나 선배 직원, 어느 누구도 장애인 부모님을 위해 열심히 일하라는 말은 하지 않는다. 나를 나로 봐준다. 아무리 혼이 나도 기껍기만 했다.

그곳에서 일한 지 반년이 지났을 무렵이었을까. 집 전화번호로 전화가 걸려 오기 시작했다. 휴식 시간에 휴대전화를 확인했을 때 화면에 부재중 표시가 뜬 적도 있었다. 혹시 무슨 일이 있나 싶어 불안한 마음에 음성 사서함을 확인했지만 아무 말 없이 전화가 끊어지기 일쑤였다.

전화를 걸 사람이라고는 할머니 정도밖에 없다. 의아해하면서도 집으로 전화를 걸어보았다.

"여보세요."

"할머니. 전화하셨어요?"

"아, 다이로구나. 전화라니, 뭐가?"

"집 번호로 전화가 걸려와서요."

"글쎄, 난 전화한 적이 없는데."

"거짓말하지 마세요. 앞으로 용건 없으면 전화하지 마시고요."

짜증이 나서 무심코 가시 돋친 말투로 톡 쏘아

붙이고 말았다. 그 무렵 할머니의 인지 능력이 떨어지고 있다는 소식을 친척에게 들은 바 있다. 할머니는 자신이 전화를 건 사실조차 잊어버린 게 분명했다. 그렇게 짐작하니 안쓰러우면서도 화가 치밀어 올랐다. 나는 거칠게 전화를 끊고 한숨을 내쉬었다.

그 이후로도 종종 전화가 걸려 오거나 부재중 표시가 떴다. 음성 메시지에는 여전히 아무런 말도 남겨져 있지 않았다. 할머니가 전화를 거는 모습을 떠올릴 때면 진절머리가 나 머리를 감싸 쥐었다.

인테리어 잡화점에서는 여름과 겨울에 대대적으로 세일 행사를 했다. 새로운 상품 출시에 맞춰 팔고 남은 상품의 재고를 처분하기 위해서다. 그 기간에는 평소보다 손님이 많아지기 때문에 작업량과 잔업 시간도 늘어난다. 퇴근할 무렵에는 걷기도 귀찮을 만큼 기진맥진해지는 날도 드물지 않았다.

그날도 진이 빠져 밥을 차릴 여력이 없던 나는 편의점에서 도시락을 사서 집으로 향했다. 오전 근무 조는 대개 저녁 여섯 시 반이면 마무리하지만 잔업을 해서 그런지 집에 도착했을 때는 여덟 시가 훌쩍 지나 있었다. 전자레인지로 도시락을 데우는데 전화

가 울렸다. 화면에는 '가족'이라고 표시되어 있다. 또 시작이라고 중얼거리며 전화를 받으니 아니나 다를까 할머니였다.

"할머니? 그것 봐요, 할머니가 전화 거신 거잖아요!"

"얘, 내 말 좀 들어보렴. 그게 아니야."

"네?"

"그게 말이다……."

할머니의 설명을 듣는 동안 주위의 소음이 멀어지는 듯했다. 나의 휴대전화로 집요하게 전화를 건 범인은 바로 어머니였다. 어머니는 전화를 거는 방법을 잘 모른다. 혹시나 내 목소리를 들을 수 있을까 싶어 번호를 누르고 수화기를 계속 귀에 대고 있었다고 한다. 하루는 "여보세요. 여보세요."를 되풀이하는 어머니를 발견한 할머니가 따져 물었더니 나에게 전화를 걸었었다고 했다.

"미안하게 됐구나. 네 엄마에게는 바쁜 애 귀찮게 하지 말라고 이야기 해뒀어."

"어……."

말을 이을 수가 없었다. 전화를 건 사람이 어머

니였다니.

"이만 끊으마. 일 열심히 하렴."

"할머니, 잠깐만요! 엄마, 옆에 있어요? 잠시 바꿔 주세요."

어머니와 전화로 이야기하는 건 그날이 처음이었다. 어머니가 내 말을 이해할지, 제대로 대화가 이뤄질지 알 수 없었다. 하지만 나도 모르게 어머니를 바꿔 달라는 말이 불쑥 튀어나왔다.

여부쎄요.

어머니의 불분명한 발음이 들렸다.

"엄마, 들려? 나야. 다이! 다, 이!"

되도록 또박또박 커다란 목소리로 말을 걸었다. 옆집에서 시끄럽다고 할 수도 있겠지만 지금 그건 중요하지 않았다.

"엄마, 들려?"

몇 번 외치자, 어머니가 대답했다.

아이, 이 여시미 해.

다이, 일 열심히 해. 어머니가 무슨 말을 했는지 확실히 알 수 있었다. 나만이 알아들을 수 있는 소리였다.

"고마워, 엄마! 나 열심히 할 게! 걱정하지 마!"

응, 잘 이내.

응, 잘 지내. 그 말을 끝으로 어머니는 먼저 전화를 끊었다. 나는 휴대전화 화면에 시선을 고정시킨 채 그 자리에 우두커니 서 있었다.

제4장

코다와의 만남

제19회
들리지 않는 손님

　도쿄에서 생활한 지 2년이 지날 즈음이었다. 이제 곧 스물다섯을 맞이한다. 그렇지만 근근이 입에 풀칠하고 사는 나날에 익숙할 대로 익숙해져 구직 활동은 손을 놓은 지 오래였다. 아르바이트비가 적어서 매달 생활에 쪼들렸으나 일상을 바꿀 만큼의 기력도 없었다. 이대로 표류하듯 살아가는 것도 나쁘지 않겠다 싶었다.

　한 가게에서 2년 가까이 일하다 보면 단골과 안면을 트게 된다. "안녕하세요.", "오늘도 파이팅하세요." 가벼운 인사를 나눌 수 있어 조금은 즐거웠다. 그들에게 나는 그저 점원에 불과했다. 그 이상도 그 이하도 아니었기에 나는 가정 환경에 열등감을 느끼지 않고 당당하게 가슴 펴고 살아갈 수 있었다.

　고향 집에는 거의 발걸음하지 않았다. 1년 차에는 부모님의 생신에 선물을 보내기도 했는데 2년 차가 되니 그것조차 귀찮아 그만두었다. 전화를 먼저 거는 경우도 좀체 없었다. 도쿄에서 보내는 시간이 길어질수록 가족에 대한 감정은 점차 빛바래 갔다.

그러던 어느 날 한 여성 손님이 눈에 띄었다. 나이는 50대 즈음일까. 딱 어머니와 비슷한 연령대로 보였다. 예쁘게 차려입은 그 여성에게 유별나게 남다른 점은 없었지만 신경 쓰여 견딜 수가 없었다. 무언가를 찾듯이 두리번대는 여성에게 뒤에서 말을 걸어 보았다.

"어떤 상품 찾으세요?"

나의 목소리에 반응하지 않는다. 역시나였다. 여성은 눈치를 못 챈 것이 아니라 들리지 않는 것이다. 용기 내어 어깨를 두드리니 여성은 눈을 동그랗게 뜨고 돌아보았다.

— 뭐 찾으세요?

서투른 수어로 다시 질문했다.

— 수어 할 줄 알아요?
— 간단한 수어라면 조금요.

수어가 통한다는 사실을 알자 여성의 표정이 한 층 밝아졌다. 알고 보니 친구에게 선물할 주방 도구를 찾고 있다고 한다. 상품명을 모르는지 수어로 상품의 디자인과 용도를 알려주었다. 마침 재고가 있어서 수월하게 안내했다.

선물용 포장을 하고 정성스레 종이봉투에 넣자 여성이 얼굴 한가득 웃음을 지었다.

— 고마워요. 수어를 할 줄 아는 점원이 잘 없는데, 정말이지 많은 도움이 되었어요.

— 도움이 되었다니 다행이에요. 다음에 또 방문해 주세요.

— 물론이죠. 괜찮다면 질문 하나 해도 될까요?

— 그럼요.

— 어떻게 수어를 할 줄 알아요?

호기심에 찬 어린아이처럼 그녀는 나를 똑바로 바라보며 물었다. 말에 담긴 뜻 이상의 무언가를 시선에서 읽어내고 순간 주눅이 들었다. 하지만 얼버무려봤자 어쩌겠는가.

―저희 부모님도 귀가 들리지 않으시거든요.

―그렇군요!

― 그래서 자연스럽게 배웠는데, 아직 많이 부족합니다.

나의 수어를 보고 여성이 천천히 손을 움직였다.

― 그렇지 않아요. 덕분에 나도 오늘 선물 잘 살 수 있었는 걸요. 다음에도 들리지 않는 손님이 오면 도와주세요.

그 말을 끝으로 여성은 종이봉투를 흔들며 가게를 떠났다.

수어가 도움이 된다. 누군가에게 도움이 된다. 상상도 하지 못했던 일에 가슴이 벅차올라 나는 그녀의 뒷모습에서 시선을 떼지 못했다.

그 이후 이따금 귀가 들리지 않는 손님과 마주쳤다. 이전까지는 크게 의식하지 않았었는데, 알고 보니 그들은 나의 일상생활 속에 이따금 얼굴을 드러내고 있었다. 그런 손님을 볼 때면 수어로 말을 걸

었다. 반응은 항상 똑같았다. 처음에는 놀라지만 금세 표정이 풀어지며 반갑게 대해 준다. 그리고 마지막에는 빠짐없이 수어로 이야기해 주어 고맙다고 이야기한다.

이제까지 수어를 사용하며 감사 인사를 받은 적은 단 한 번도 없었다. 오히려 부끄럽다고 여기기까지 했다. 하지만 아니었다. 심지어 나와 어머니를 이어주는 연결고리에 불과했던 수어가 생면부지의 누군가와 마음을 통하게 하는 열쇠가 되었다. 수어는 내 생각보다 훨씬 더 대단했다. 여성 손님은 부끄럽다는 착각에서 벗어나게 해주고 수어에 대한 자신감을 심어주었다. 그리고 내가 일을 그만둘 때까지 매달 가게를 찾아와 말을 건네주었다. 소소한 이야기를 나눴을 뿐이었지만 그녀와 수어로 대화하는 동안 나는 왠지 편안해져 있는 나 자신을 발견했다. 내게는 음성 대화는 물론 수어 대화 또한 당연한 것이다. 어느샌가 내 안에서는 수어를 더 공부하고 싶다는 의욕이 자연스레 샘솟았다.

제20화

들리지 않는 부모 밑에서
자란 코다

수어를 공부하겠다고 마음을 먹고 나서 서점에서 관련 도서를 사 모았다. 하지만 수어는 손을 움직여 표현하는 언어이기 때문에 책에 실린 일러스트만으로는 좀처럼 뉘앙스를 파악할 수 없었다. 게다가 독학으로 익힌 수어가 올바른지 판단조차 할 수 없었다. 역시 제대로 배워야 할 것 같다.

고심하던 와중에 한 친구가 수어 모임에 가입해 보라고 권유했다. 도쿄에서 사귄 친구였지만 나의 가정 환경을 선뜻 이해해 준 사람이었다.

"우리 부모님은 귀가 안 들려."

처음 사정을 밝혔을 때 그는 태연한 얼굴로 그렇냐는 말만 해주었다. 측은하게 보지 않을까 지레짐작했던 나는 그 태도에 그만 맥이 빠졌지만, 그에게 신뢰감을 품게 되었다.

"우리 회사에서 사회인을 대상으로 수어 모임을 하는데, 이가라시 너도 와볼래?"

“뭐 하는 곳인데?”

“들리는 사람과 들리지 않는 사람이 다 같이 모여서 수어를 공부해. 다들 초보라 간단한 수어가 중심이지만. 이가라시한테는 의미 없으려나?”

언젠가 들리지 않는 손님과 대화를 나누고 나니 수어를 배우고 싶어졌다는 말을 친구에게 한 적이 있었다. 그래서인지 일부러 신경 써준 듯했다. 그의 올곧은 진심이 고마웠다.

“아니야, 가 볼게. 안 그래도 다시 공부하려고 했었어.”

친구의 권유로 참가한 수어 모임은 평일 밤에 열렸다. 첫 참가 때는 스무 명 정도가 모여 있었다. 성별도 나이도 제각각이었고 들리는 사람과 들리지 않는 사람의 비율은 반반 정도였다. 모임을 이끄는 여성은 수어 통역사 자격이 있다고 한다. 모임이 시작되자 능숙한 수어와 함께 이야기를 시작했다.

“오늘은 처음 참가하신 분도 있으니 자기소개를 들어볼까요.”

그날 처음 참석한 사람은 나밖에 없었다. 자연스럽게 모두의 시선이 나에게로 쏟아졌다. 조금 긴장

한 채 자리에서 일어나 자기소개를 시작했다. 여기에 모인 것은 수어에 관심이 있는 사람들뿐이다. 그렇다면 감출 필요도 없다. 나는 수어로 인사했다.

“이가라시라고 합니다. 부모님께서 귀가 들리시지 않아 수어를 조금 할 줄 압니다. 제대로 공부해 보고 싶어서 왔습니다. 잘 부탁드립니다.”

수어가 틀리지 않았는지 불안했지만 들리지 않는 사람들도 방긋 웃으며 나를 환영해 주었다. 아무래도 잘 전해진 듯하여 일단 한시름 놓았다.

모임은 내내 온화한 분위기에서 진행되었다. 그날은 과거형 표현을 배우는 날로 ‘어제는 ○○을 먹었습니다’나 ‘어제 ◇◇에 다녀왔습니다’ 등 저마다 배운 수어를 선보였다. 미묘한 손끝 표현에 애를 먹는 사람도 있었지만 다들 진지하게 수어와 마주하는 모습에서 상당히 좋은 인상을 받았다.

두 시간 정도가 지나 모임이 마무리되었다. 다른 사람을 따라 나도 집에 가려고 하는데 누군가가 어깨를 두드렸다. 뒤돌아보니 재킷을 입은 작은 체구의 여성이 서 있었다. 그녀의 이름은 S였다. 선천적으로 청각장애가 있다고 한다.

─잠시 시간 돼요?

S는 어릴 적부터 훈련받았는지 수어와 구화를 함께 사용했다. 발음도 또렷하니 어려운 수어를 사용해도 내용을 이해할 수 있겠다 싶었다.

─네, 오늘 고생 많았습니다.
─고생 많았어요.
─네.
─저기, 갑자기 불러 세워서 미안해요.
─아니에요.
─저기 이가라시 씨는 코다죠?
─코다? 그게 뭐죠?

S는 나를 가리키며 '코다'라고 했다. 하지만 무슨 뜻인지 이해할 수가 없었다. 코다가 무엇일까.

─ 이가라시 씨처럼 들리지 않는 부모 밑에서 태어난 들리는 아이를 가리켜 코다라고 해요. 혹시 오늘 처음 들어보나요?

난생처음 들었다. 코다_{CODA}란 Children of Deaf Adults의 머리글자를 딴 단어로 들리지 않는 부모에게서 자란 들리는 아이들을 가리키는 말이라고 한다. S는 세상에 존재하는 수많은 코다들은 복잡한 정체성을 가지고 있다고 설명해 주었다.

—그 이야기, 자세히 들려줄래요?
—물론이죠!

그 후 나는 S와 밥을 먹으며 코다에 대해 여러 가지 배웠다. 수어와 구화를 섞어 말하는 S를 보며 나는 놀라기 바빴다. 아마 반쯤은 흥분 상태였던 것 같다. 실수투성이 수어를 민망해할 틈도 없이 열심히 손을 움직여 S에게 연이어 질문을 던졌다. 가게 안은 혼잡했으나 주위 사람들의 시선이 전혀 신경 쓰이지 않았다. S가 알려준 코다와 농문화_{Deal culture}에 대해 좀 더 알고 싶다는 욕구만이 나를 움직이게 했다.

—미국에는 코다를 연구하는 곳도 있대요.
—정말요? 왜 연구하는 걸까요?

— 코다에게는 코다만의 고충이 있어서가 아닐
까요. 장애인처럼 코다도 지원이 필요하다고 여기는
것 같아요.

S의 말을 되새길 때마다 시커먼 마음속에 한줄
기 빛이 드리웠다. 나는 어릴 적부터 줄곧 외톨이라
고 느꼈다. 들리지 않는 부모와의 관계로 고뇌하고
번민했으며 엉클어진 실타래는 풀리기는 커녕 더 꼬
여만 갔다. 무엇이 정답인지 몰랐다. 아니, 애초에 정
답에 다가가려는 노력조차 하지 않고 어둠 속을 더
듬어가듯 살아 왔다. 아마 죽을 때까지 그러하리라
굳게 믿었다.

다른 사람에게 털어놓아도 이해받지 못하는 상
황에 절망하는 순간도 많았다. 들리지 않는 부모님
도, 그런 집에 태어난 나도 결코 불쌍한 사람이 아닌
데 다들 우리를 연민의 시선으로 바라보았다.

물론 들리지 않는 부모님과 어떻게 소통해야 할
지 고민할 때 큰 문제가 아니라고 격려해 준 사람도
있었다. 아마 나에게 용기를 주고 앞으로 나아가게
하려고 한 말이었을 것이다. 그들의 상냥함을 머리로

는 이해했지만 내 입장이 되어보라고 말하고 싶기도 했다. 큰 문제가 아니라는 말 뒤에 같은 처지가 되고 싶지 않다는 속내가 숨겨져 있지는 않을지 의심하고 또 의심했다.

결국 들리지 않는 부모가 있는 자녀의 갈등은 그 누구에게도 이해받지 못한다. 그래서 언제부터인가 나는 다른 사람을 이해시키기를 포기했다. 이해해주지 않아도 살아갈 수 있다. 몰이해와 맞닥뜨리면 마음을 죽이며 참아내거나 애매하게 웃어넘기면 그만이다. 그런 신조로 살다 보니 어느새 나는 고립되어 있었다. 하지만 나는 혼자가 아니었다. 그 사실이 무척 충격적이었다. 나와 똑같은 환경에서 자란 사람을 분류하는 말이 있다고는 상상해본 적도 없었으니까. 동시에 가슴속에 희한한 안도감이 퍼져나갔다.

이 세상에는 나 말고도 코다라고 이름 붙여진 사람들이 살고 있다. 이름이 붙여졌다는 건 그 존재가 여럿 있다는 뜻이다. 당연한 소리라는 사람들도 있을지 모른다. 청각장애인 부부의 수만큼 그 사이에서 태어난 들리는 아이들도 있을 테니 말이다. 돌이켜보면 초등학생 때 알고 지냈던 C도 나와 같은 코

다였다. 사실은 내가 알아차리지 못한 코다와의 만남이 많았을지도 모른다.

나에게 코다라는 이름이 붙은 날 나는 세상이 열리는 듯한 감각을 느꼈다. 이 세상에는 나와 같은 고충을 겪고 있는 코다가 많다. 그렇게 생각하자 아직 만난 적도 없는 미지의 동지들이 멀리서 나를 다독여주는 듯한 느낌마저 들었다.

나중에 안 사실이지만 일본 국내에는 2만 2천 명의 코다가 존재하는 것으로 추정된다고 한다. 적다고 하면 적은 숫자지만, 스스로 외톨이라 여겼던 나는 그만큼의 동지가 생긴 기분에 매우 든든했다. 여태껏 경험한 고통을 많든 적든 이해해 줄 사람이 2만 명이나 있다는 사실이 내 앞을 밝게 비추어주었다.

청각장애인이 부른
생일 축하 노래

수어 모임에서 만나 코다라는 단어를 가르쳐준 S 덕분에 내 세상은 크게 바뀌었다. S의 소개로 청각장애인 친구도 사귀었다. 그들은 나의 가정 환경을 알고는 들리지 않는 세상을 공유할 수 있는 동료로 받아들여 주었다.

코다로 태어난 나는 어디까지나 들리는 사람이다. 그러나 부모님의 들리지 않는 세상도 잘 안다. 나는 들리는 세상과 들리지 않는 세상을 모두 경험하며 자랐다. 그렇기에 이 두 세상에 속해있으면서도 동시에 속하지 않은 사람이라 할 수 있다. 하지만 청각장애인 친구들은 나를 받아주었다. 나는 그때 처음으로 코다로 태어나 다행이라고 느꼈다.

S와 알고 지낸 지 1년 정도 지났을 때였다. 스물여섯이 된 나는 이직을 결심했다. 인테리어 잡화점 아르바이트는 재미있었지만 이대로 살아서는 안 된다는 생각이 든 것이다.

이직 활동은 쉽지 않았다. 우선 학벌이 없었다. 그런 거 없어도 일하는 데 아무런 지장이 없다고 생각했다. 하지만 그건 내 삶의 방식을 긍정하기 위한 자기만족 같은 것이었고 사회는 그렇지 않았다. 대부분 모집 요강에 4년제 졸업이라고 적혀 있었다.

게다가 나에게는 고등학교를 졸업한 이후 약 2년의 공백이 있었다. 엄밀히 말해 파친코에서 하루 벌어 하루 먹고 살 정도의 돈을 벌기는 했다. 배우가 되겠다는 목표도 있었다. 나름 꿈을 향해 나아가던 시간이었다. 그러나 막상 사회에 나와보니 그 시간은 무의미했다는 사실을 뼈저리게 느꼈다. 고등학교를 졸업하고 어떤 일을 했냐는 질문에 솔직하게 대답하면 면접관들은 너나 할 것 없이 쓴웃음을 지었다.

속수무책이었다. 서류 전형 단계에서 떨어지기 일쑤였고 겨우 면접까지 가도 다음날에는 불합격 메일이 왔다. 계속 떨어질 때마다 내 존재 자체를 부정당하는 듯하여 눈앞이 캄캄해졌다. 그래도 새로운 길로 한 걸음 나아가고 싶다는 의지를 새기며 악착같이 이력서를 보냈다.

나는 편집자나 작가의 세계로 방향을 틀었다.

인테리어 잡화점과 수어 모임에서 들리지 않는 사람들과 교감하는 과정에서 전하는 일이 얼마나 중요한지 실감하면서 나의 마음을 문장으로 쓰며 살아가고 싶다는 바람이 자연스레 싹튼 것이다.

돌이켜보면 어릴 적 어머니와 했던 비밀 편지 교환도 무언가를 전하는 일에 대한 중요함과 즐거움을 알게 된 계기가 되어준 것 같다. 언젠가 어머니가 내 글을 읽어주면 좋겠다는 심정으로 이력서를 쓰고 면접에 임했다.

구직 활동을 시작한 지 3개월이 지나서야 가까스로 일자리가 정해졌다. 기치조지의 인쇄회사에서 발행하는 지역 정보지의 편집자 겸 작가 자리였다. 서비스업과는 다른 세계에 발을 들여놓은 나는 마감에 쫓기는 나날을 보내기 시작했다.

〈이번 주 토요일에 시간 있어?〉

새로운 회사에 겨우 적응했을 무렵 S에게서 메시지가 왔다. 알고 보니 청각장애인 친구들이 식사 모임을 한다고 한다. 초면인 사람도 있다는데 걱정할

필요는 없지 싶었다. 나는 낯을 가리는 성격이었지만 청각장애인과는 신기하리만치 스스럼없이 지낼 수 있었다. 그래서 모임에 초대받으면 적극적으로 참여하는 편이었다.

〈응, 갈게〉
〈고마워! 그때 보자!〉

약속 당일, 메시지에 적힌 주소를 길잡이 삼아 진보초로 향했다. 골목마다 고서점이 나란히 자리하기로 유명한 동네인데 사실은 카레 가게 골목이기도 한 모양이다. 그중에서도 맛있기로 소문난 인기 식당을 예약했다고 한다. 야무진 계획성에 감탄하며 낯선 거리를 잰걸음으로 빠져나갔다.

복고풍 외관이 눈에 띄는 가게는 의외로 아담했다. 이 정도 크기라면 과연 예약해 두어야 바로 앉을 수 있겠다 싶었다. 입구에서 이름을 말하자 안쪽에 있는 별실을 안내받았다.

— 이가라시!

내 얼굴을 본 S가 금세 반응했다. 그 자리에 있던 사람들의 시선도 내 쪽으로 향했다. 보청기를 낀 사람도 있었다. 인사를 건네는 사이에 몇 명인가 더 합류했다. 그 자리에 온 건 나와 S를 비롯해 모두 여덟 명이었다. 나 말고는 모두 청각장애인이다.

우리 테이블은 실로 평온한 분위기가 흘렀다. 카레가 나오자 다들 즐거운 낯빛으로 주문한 메뉴를 나누기도 하며 식사를 시작했다. 점심시간이었지만 각자 술도 한 잔씩 주문하여 대화에 푹 빠져들었다.

향신료 냄새가 온몸에 배지 않을까 걱정될 정도로 느긋하게 시간을 보내고 있는데 한 남성이 자리에서 일어나 점원에게 무언가 손짓했다. 계산을 부탁하려는 걸까. 하지만 이내 점원과 함께 자리로 돌아왔다. 손에는 생일 케이크가 들려 있었다.

케이크를 보고 다 함께 손을 움직여 생일을 축하한다고 말했다. 알고 보니 오늘의 모임은 누군가의 깜짝 생일 파티였던 모양이다. 나는 놀라면서도 다른 사람들과 함께 축하 인사를 전했다.

그때, 케이크를 들고 온 남성이 생일 축하 노래를 부르기 시작했다.

애피 어스 데 두유

그는 또박또박 발음하지 못했다. 가사는 명료하지 않았고 음정도 어긋났다. 그러나 무척 따뜻했다. 그토록 진심과 애정이 가득한 노래는 들어본 적이 없었다. 하지만 점원이 이 노래를 듣고 우리를 어떻게 생각할지 걱정이 들었다.

하지만 걱정은 기우였다. 옆에서 우릴 지켜보던 점원의 눈빛은 무척 따스했다. 그뿐 아니라 가볍게 손뼉까지 쳐주었다. 이 자리에는 들리지 않는 그들을 차별하는 사람은 아무도 없었다. 청각장애인이 흥얼거리는, 음정이 맞지 않는 생일 축하 노래를 비웃는 사람도 없었다.

노래가 끝나고 생일 주인공이 촛불을 껐다. 그러자 모두가 양손을 위로 올리고 손바닥을 좌우로 흔들었다. 박수를 표현하는 수어다. 나도 따라서 양손을 흔들다 S와 눈이 마주쳤다. 북받쳐오는 울음을 들키기 싫었던 나는 황급히 눈을 피하고 고개를 숙였다. 테이블에는 언제까지나 영원히 흔들릴 듯한 여덟 명의 손그림자만이 드리워져 있었다.

제22화

동일본대지진,
어머니를덮치다

기치조지의 회사에서 편집자 겸 작가로 일하기 시작한 지 반년이 지났을 무렵이었다. 할아버지가 위독하다는 연락이 왔다. 전직 야쿠자로 난폭하기 그지없던 할아버지를 좋게 생각한 적은 없었다. 도쿄로 상경한 이후에는 없는 사람 취급을 하며 거의 연락도 하지 않았다.

그렇지만 어찌 됐건 피붙이니까 무시할 수는 없어 오랜만에 고향에 돌아갔다. 그리고 얼마 안 있어 할아버지가 돌아가시면서 그대로 장례식까지 치르게 되었다. 집안에 들을 수 있는 사람이 거의 없다보니 미숙하지만 어쩔 수 없이 내가 상주 역할을 맡아 할아버지를 보내드려야 했다. 그때 가족이란 얼마나 복잡하게 얽힌 인연인지 새삼 느꼈다. 되도록 풍파를 일으키지 않고 평온하게 살아가고 싶은데 그 바람이 이루어지지 않을지도 모른다. 그런 절망이 사라지지 않은 채 마음 한구석에 작은 불씨로 남았다.

도쿄로 돌아간 뒤로는 예전보다 더욱 일에 몰두했다. 할아버지에 대한 분노와 슬픔, 체념 같은 감정이 뒤엉켜 파도처럼 한없이 밀려왔다. 할아버지가 돌아가시고 고향 집에는 부모님과 인지 기능이 떨어지는 할머니 세 사람만이 남았다. 말년에 쇠약해지기는 했어도 귀는 멀쩡했던 할아버지가 부재한다는 사실로 인해 불안이라는 그림자가 드리웠다. 앞으로 어머니가 힘든 일을 겪지는 않을까. 사실 고민해 봤자 소용이 없었다. 멀리 떨어져 사는 나에게 할 수 있는 일이란 거의 없었으니 말이다. 어머니에 대한 걱정이 커질 때마다 일부러 더욱 바쁘게 지내며 잊어버리려고 애썼다.

그러던 어느 날, 동일본대지진이 발생했다. 할아버지가 돌아가신지 반년 정도가 지난 2011년 3월 11일이었다. 마침 나는 사무실 책상에서 원고를 작성하고 있었는데, 이제껏 경험한 적 없는 흔들림이 느껴졌다. 회사 건물은 언제 무너져도 이상하지 않을 만큼 낡아서 상사와 선배들을 따라 허둥지둥 밖으로 뛰쳐나갔다. 전봇대가 휘청거렸고 커다란 간판은 금세라도 떨어질 듯 덜컥거렸다.

"혹시 수도 직하 지진 인 거 아니야?"

누군가가 던진 말에 공포감이 엄습했다. 이대로 죽으면 어떡하지?

점차 흔들림이 잦아들자 회사로 돌아가 라디오를 틀었다. 뉴스에 귀를 기울이는데 온몸의 피가 빠져나가는 기분이 들었다. 진원지가 도쿄가 아니라 도호쿠, 그러니까 내 고향이라는 것이었다. 게다가 대형 쓰나미가 발생할 우려도 있다고 한다.

우리 가족은 바닷가에 살고 있다. 부모님은 피난 경보도 라디오도 들을 수 없는데 어떻게 안전한 곳으로 피할 수 있단 말인가. 이젠 다 끝이다. 정말로 부모님이 돌아가실지도 모른다는 끝없는 절망감에 엉덩이가 들썩였다. 머릿속이 최악의 장면으로 가득 채워졌고 온몸에 힘이 들어가지 않았다. 나는 아버지의 휴대전화에 전화를 걸어보았으나 물론 연결이 되지 않았다. 한 가닥 희망을 걸고 이번에는 메시지를 보냈다.

도쿄를 중심으로 하는 수도권 지역에서 발생하는 규모 7급의 대지진을 가리킨다.

〈아버지 괜찮으세요? 엄마와 함께 대피하셨어요? 지금 어디세요?〉

답장이 없었다. 일이 손에 잡히지 않아 그날은 일찍 퇴근했다. 동료들도 짐을 정리해 다급히 귀가했다. 전철이 완전히 멈춘 탓에 버스 정류장에는 기나긴 줄이 늘어서 있었다. 택시도 잡히지 않았다. 대중교통을 포기한 나는 회사에서 집까지 꼬박 여덟 시간을 걸어갔다. 걷는 동안 후회만이 맴돌았다. 왜 나는 부모님 곁을 떠났을까. 왜 들리지 않는 그들을 보살피지 않았을까. 왜 그들을 버렸을까. 만일 부모님이 돌아가신다면 그건 내 탓이나 마찬가지다.

겨우 집에 도착해 텔레비전을 켜니 새카만 쓰나미가 도호쿠 지역을 삼키는 모습이 끝없이 송출되고 있었다. 폭력적으로 거리를 파괴하는 물결 속에 부모님이 있을지도 모른다고 상상하니 욕지기가 솟아올랐다. 한숨도 잘 수 없었다. 휴대전화를 꼭 쥔 채 뉴스만 멍하니 바라보았다.

절망감과 후회, 그리고 죄책감에 짓눌렸다. 최악의 기분으로 아침을 맞이한 다음날에는 하루종일

아버지에게 전화를 걸었다. 하지만 들려오는 건 전화가 연결되지 않는다는 기계적인 안내뿐이었다. 역시 큰일이 난 게 아닐까.

다행스럽게도 그날 저녁에 아버지로부터 메시지가 도착했다.

〈여긴 괜찮다. 다들 무사히 대피했어. 다이 넌 괜찮으냐?〉

짧은 문자를 닳도록 읽었다. 일단은 무사한 모양이다. 하지만 어머니는 어떻게 지내고 있을까. 불안으로 떨고 있진 않을까. 통신망이 불안정한 탓에 문자가 제대로 보내지지 않았다. 몇 번이나 시도한 끝에 한 통 겨우 보낼 수 있었다.

〈아버지, 엄마는요?〉

기도하는 심정으로 휴대전화를 손에 쥐고 이제나저제나 아버지의 답신을 기다리는데 다시 연락이 왔다.

〈엄마도 잘 있어. 걱정 안 해도 된다.〉

그 순간 괜히 어머니와 이야기를 나누고 싶었다. 온전히 전해지지 않아도 된다. 의사소통이 잘되지 않아도 상관없다. 한 마디라도 좋으니 어머니의 목소리를 들어야 안심이 될 것 같았다. 그래서 아버지에게 전화를 걸어보았지만 역시나 연결이 되지 않았다. 소용없다는 걸 알면서도 이번에는 고향 집으로 전화를 걸었다. 하지만 마찬가지였다. 나는 몇 번이나 되풀이하다가 끝내 연결되지 않는 휴대전화를 집어 던지고 말았다. 어머니와 통화도 할 수 없는 휴대전화가 다 무슨 소용일까. 지금 내가 할 수 있는 일은 아무것도 없었다.

안 그래도 들리지 않아 불편한데 앞으로 몇 개월, 아니 어쩌면 더 오랫동안 부모님은 큰 불안과 함께 지내야 한다. 그리고 그곳에는 내가 없다. 나는 지지리도 도움이 안 되는 인간이구나. 속상함과 함께 날이 밝아오고 있었다.

아버지가
돌아가실 수도 있다니

지진이 발생한 이후로 각종 정보를 모아 아버지에게 매일 메시지를 보냈고, 아버지는 나에게 건강이 어떤지 알려주었다. 만일의 사태가 발생하면 수단과 방법을 가리지 않고 고향으로 내려갈 작정이었으나 다행히 부모님은 무사했다.

두 달 후에는 도호쿠 신칸센이 복구되어 한달음에 집으로 향했다. 먼저 눈에 들어온 것은 완전히 뒤바뀐 고향의 모습이었다. 고향 집과 가장 가까운 역에는 지진의 상흔이 짙게 남아 있었다. 역 앞에는 잔해가 산더미처럼 쌓여 있었고 진흙 범벅이 되어 폐차된 택시가 늘어서 있었다. 그 뒤에 보이는 바다가 공포의 대상으로 다가왔다.

그러나 불행 중 다행인지 집은 무사했다. 외벽에 금이 가 있었지만 생활하는 데 지장은 없어 보였다. 집으로 가니 부모님이 미소로 반겨주었다. 우선 나는 사과부터 했다. 지진이 일어났을 때 아무것도

하지 못해서, 지켜주지 못해서 미안하다고 했지만 속이 시원해지지 않았다. 하지만 어머니는 사과할 필요 없다고 하셨다. 그리고 지진이 일어났을 당시 어떻게 피난했는지 알려주었다.

　어머니는 겪어본 적 없는 커다란 흔들림을 느끼고 황급히 집 밖으로 뛰어나갔다고 한다. 아버지는 아직 회사에 있었고 어머니는 인지 능력이 떨어지는 할머니의 손을 잡고 도망치려 했다. 그러나 귀로 정보를 얻을 수 없는 어머니는 적절한 판단을 할 수가 없었다. 그때 어머니를 도와준 사람이 인근에 사는 T 씨였다. 그녀가 어머니와 할머니를 데리고 고지대로 피난했다고 한다. 수어를 모르는 T 씨가 손짓 몸짓 섞어가며 지진에 대해 설명하자 어머니도 비로소 무슨 일이 일어났는지 이해했다고 한다.

　몇 시간 후에는 아버지와도 합류했다. T 씨가 나중에 귀가할 아버지를 위해 현관에 쪽지를 붙여둔 것이다. '사모님, 할머님과 ○○씨 집으로 피난했어요.' 쪽지를 읽은 아버지는 무사히 어머니에게 달려갈 수 있었다.

　어머니의 이야기를 듣고 내 가슴은 T 씨에 대한

감사로 가득 찼다. 동시에 스스로 한심함도 곱씹게 되었다. 만약 T 씨가 없었다면, 도와주지 않았다면 어머니는 어떻게 되었을까. 이럴 때일수록 내가 부모님 곁에 있어야 한다. 고향으로 돌아와 어머니를 보살피려면 더는 도쿄에 머무를 수 없다. 생각보다 훨씬 어두운 내 표정을 보고 어머니가 무언가를 읽어낸 듯했다.

— 괜찮아.

갑작스러웠다. 아무 말도 하지 않았는데 어머니는 나의 불안을 잠재우려는 듯 미소 지었다.

— 걱정할 것 없어, 우린 괜찮아. 다이 넌 네 자리에서 열심히 해. 엄마가 응원할 테니까.

염치없지만 그 말에 힘입어 나는 도쿄로 돌아갔다. 간신히 손에 넣은 글쓰기라는 일을 놓치고 싶지 않았다. 하고 싶은 일은 무엇 하나 이루지 못했다. 솔직히 이렇게 된 마당에 무슨 소리인가 싶겠지만 평

범하게 살고 싶다는 소망은 여전했다. 부모의 장애를 이유로 인생이 좌지우지되는 것을 견딜 수가 없었다. 걱정스러워서 곁에 있고 싶은 마음과 제발 내 인생을 휘두르지 말아주길 바라는 이기심이 뒤엉켜 대체 무얼 하고 싶은지 점점 알 수가 없었다. 아무에게도 의논하지 못한 채 일단은 원래 생활로 돌아갔다.

그러나 지진이 일어난 지 2년이 지난 2013년 어느 봄날, 어머니에 대한 마음이 크게 바뀌는 사건이 일어났다. 아버지가 지주막하출혈로 쓰러진 것이다. 그 무렵 나는 작가로서 한 단계 더 위로 올라서기 위해 편집 프로덕션으로 이직했다. 기치조지에서 음식점을 소개하는 정보지를 만들던 때와 달리 연예인 인터뷰, 트렌드 정보 소개, 어찌 보면 다소 위험하고 대중적이지 않은 기사 작성 등 업무가 다양해졌다. 몸은 힘들어도 마음은 행복했다. 아버지가 쓰러졌다는 연락은 사무실에서 원고를 쓰고 있을 때 받았다.

"곧 긴급 수술에 들어간대! 다이 오빠, 빨리 와!"
수화기 너머로 사촌 동생이 비명을 지르듯 소리쳤다. 아버지가 돌아가실 수도 있다니. 나는 서둘러 짐을 싸서 도호쿠 신칸센에 올라탔다. 센다이에 도착할 때까지 초조하게 아버지를 잃을지도 모른다는 최악의 상상과 끝없이 싸웠다. 괜찮을 거라며 나 자신을 다독였다. 하지만 만약 괜찮지 않다면? 자문자답할 때마다 마음이 들썩였다. 만약 아버지가 돌아가시면 어머니는 할머니와 둘이 살아야 한다. 그렇게 되면 글쓰기는 포기하고 고향으로 돌아가야 한다. 그러면 나는 현실을 받아들일 수 있을까? 모르겠다. 생각하고 싶지 않지만 생각해야 한다. 이때 처음으로 들리지 않는 부모님의 노후라는 문제가 현실로 눈앞에 가로놓인 듯한 감각을 느꼈다. 줄곧 외면했던 문제와 정면으로 마주할 때가 온 것이다. 아버지가 무사하길 빌면서도 나의 미래를 떠올리면 가슴이 턱 막혀왔다.

센다이역에 도착한 것은 밤 10시가 넘어서였다. 빠른 걸음으로 역사를 빠져나와 그대로 택시 승강장으로 향했다. 택시에 올라탄 뒤 아버지가 이송된 병원 이름을 말했다. 택시 기사는 무언가를 감지한 듯 아무 말 없이 차를 출발시켰다. 병원에 도착하자 친척이 맞아주었다.

"괜찮을 거야."

다들 입을 모아 이야기했다. 나도 괜찮을 거라 믿고 싶었다. 하지만 비관적인 상황에 맞닥뜨릴 수도 있다. 희망과 절망이 동전의 양면처럼 등을 맞대고 있을 줄은 꿈에도 몰랐다. 대기실에서는 어머니가 다른 친척들 사이에 덩그러니 앉아 있었다. 불안을 두 어깨에 짊어진 탓인지 평소보다 작아 보였다. 손을 흔드는 나의 존재를 알아차린 어머니가 자리에서 일어났다. 눈꼬리가 축 처져서 당장이라도 울음을 터뜨릴 듯한 표정이었다.

─아버지, 쓰러졌어.

나는 어머니의 어깨를 감싸 안고 천천히 앉혔다. 금방 일어나실 거라고 또박또박 말하며 어머니의 손을 꼭 쥐었다. 어머니도 내 손을 약하게 맞잡았다. 손이 시릴 듯이 차가워 나는 그 위에 나머지 한 손을 겹쳤다. 흔들리는 어머니의 눈동자에 불안을 더하고 싶지 않아 나는 눈물을 꾹 참으며 시선을 받아냈다.

수술은 새벽 1시가 넘어서야 끝났다. 의사와 간호사의 발소리와 함께 침대에 누운 아버지가 실려 나왔다. 마취 때문인지 아버지는 푹 잠들어 있었다. 일제히 자리에서 일어선 우리에게 의사는 부드럽게 미소 지으며 수술은 성공적이었으니 걱정할 필요 없다고 말했다. 그 말을 듣자마자 모두가 안도의 한숨을 쉬었다.

하지만 옆을 보니 어머니는 사정을 이해하지 못한 모습이었다. 당연했다. 방금 의사가 뭐라고 했는지 그녀의 귀에는 닿지 않았을 테니 말이다.

나는 어머니를 향해 몸을 돌리고 천천히 손을 움직였다.

— 아버지 괜찮대요. 무사하대요.

그 순간 어머니는 목 놓아 울부짖기 시작했다. 불분명한 발음으로 몇 번이나 다행이라며, 고맙다며 어깨를 떨었다. 그런 어머니를 다들 조용히 지켜보았다. 나는 옆에서 어머니의 등을 쓰다듬으며 어머니가 하루 종일 느꼈을 고독을 생각했다.

아버지는 수술이 성공적으로 끝났지만 한동안 병원 신세를 져야 했다. 어머니도 깨끗이 빨아놓은 옷과 아버지가 좋아하는 것들을 가방에 잔뜩 담고 매일 같이 병원으로 향했다. 처음에는 나도 어머니를 따라 병문안을 갔다. 아버지는 수술한 환자라고는 인지하지 못할 만큼 건강한 모습으로 늘 또 왔냐며 너스레를 떨었다. 병원 문턱이 닳도록 드나드는 어머니에게 매일 갈 필요가 없을 것 같다고 해도 어머니는 웃으며 손을 움직였다.

— 아버지 혼자 외로우시잖아.

외로운 사람은 대체 어느 쪽인가 싶었지만 무정

하게 들릴 듯하여 되묻지 않았다. 무엇보다 수어로 즐겁게 이야기하는 두 사람을 보고 있으니 가슴 한 구석이 뭉클했다. 말 그대로 역경을 함께 극복한 부모님은 내 생각보다 더 깊은 애정으로 이어져 있는 듯했다. 그 감동을 나누듯 수다를 떠는 아버지와 어머니를 방해할 필요는 없으리라. 의사의 설명에 따르면 아버지에게는 후유증이 남을 염려도 없다고 한다. 순조롭게 회복한다면 퇴원이 머지않을 것이었다.

그러나 언제 무슨 일이 일어날지 알 수 없다. 만일의 상황도 대비해 아버지가 퇴원할 때까지는 고향 집에서 생활하기로 했다. 매일 병원을 가느라 집을 비우는 어머니를 도와 집안일을 대신 하고 할머니를 보살폈다. 실로 오랜만에 할머니와 둘이서 시간을 보냈다. 하체가 약해져 외출을 자주 못 하는 할머니는 항상 지루해 보였다. 그래서 할머니와 수다를 나누는 시간이 많아졌다.

아버지가 입원한 지 2주가 지났을 무렵이었다. 갑자기 할머니가 아버지와 어머니의 옛날이야기를 꺼냈다.

"네 아빠와 엄마 말이다. 사실 젊었을 적에 사랑

의 도피를 했단다.”

처음 듣는 말이었다. 나는 태어났을 때부터 조부모님과 함께 살았으니 알 턱이 없었다. 늘 웃는 어머니에게 그런 과거가 있었다니. 본인이 없는 자리에서 이야기를 듣기가 미안하기는 했으나 호기심을 억누를 수가 없었다.

“왜 둘이 떠났는데요?”

할머니의 말에 따르면 어머니가 아버지와 떠난 가장 큰 이유는 장애인에 대한 몰이해였다고 한다. 농학교에서 만나 사귀기 시작한 두 사람은 자연스레 결혼을 생각하게 되었다. 하지만 주변의 반대가 심했다. 장애인끼리는 제대로 된 결혼 생활을 할 수 없다는 편견이 두 사람 사이를 갈라놓았다. 그래서 어머니는 아버지와 함께 도쿄까지 도망쳤다고 한다. 누구의 반대도 없는 곳에서 둘이서 살기로 한 것이다.

이 도피 행각을 계기로 두 사람은 결혼을 허락받았다. 다만 아이를 낳지 말라는 조건이 붙었다. 아이에게 청각장애가 유전되면 삶이 더욱 힘들어진다는 편견 때문이었지만 어머니는 이를 받아들이고 아버지와 결혼 생활을 시작했다.

다만 머리로는 이해해도 아이를 갖고 싶어 하는 마음은 억누를 수 없었다. 다른 사람의 아이를 안고 있던 어머니의 쓸쓸한 표정을 보고 할머니는 한 명이라면 괜찮겠다 싶어 아이를 낳도록 허락했다고 한다. 그렇게 태어난 것이 나였다.

할머니의 이야기를 듣고 몸이 갈기갈기 찢어지는 듯한 충격을 받았다. 할머니에게 화도 났다. 왜 그토록 심한 말을 했을까. 하지만 장애인에 대한 이해가 부족했던 당시 상황을 고려하면 할머니도 고통스러웠을 테니 비난할 수만은 없었다. 무엇보다 내가 지금까지 어머니에게 해온 짓을 되짚어보면 죄의 무게는 같았다. 장애인에 대한 차별과 편견을 규탄할 권리가 나에게는 없었다.

동시에 어머니가 얼마나 나를 소중히 여기는지 가늠할 수 있었다. 결혼을 비롯해 수많은 반대를 뚫고 가까스로 태어난 새로운 가족, 그게 바로 나였다. 돌이켜보면 어머니는 언제나 내 편이었다. 내가 어머니의 장애를 탓해도 결코 화내는 법이 없었다. 장애인의 아들로 태어나고 싶지 않았다고, 부모가 장애인이라 부끄럽다고 모진 소리를 해도 어머니는 미안하

다며 사과할 뿐이었다. 사실 화를 내야 하는 건 어머니였다. 부정적인 말만 토해내는 나를 어머니는 애정으로 부드럽게 감싸안아 주었다. 얼마나 괴로웠을까.

수술로부터 3주 후 아버지가 퇴원했다. 바로 일해도 된다고 의사의 허락을 받은 아버지는 입원 전보다 활기 있어 보였다. 그런 아버지를 바라보며 어머니는 누구보다 환하게 웃었다. 아버지가 퇴원하고 나는 바로 도쿄로 돌아가기로 했다. 짐을 싸고 집을 나서려는데 아버지가 센다이역까지 데려다주겠다고 했다. 차에 몸을 싣고 어머니, 아버지와 셋이서 역으로 향했다.

기차표를 사고 개찰구 앞에서 인사를 나누었다. 몸조심하라고, 무슨 일 있으면 바로 연락하라고 잔소리하는 나를 보고 아버지는 괜찮을 거라며 웃었다. 옆에 있던 어머니의 얼굴에도 웃음꽃이 피어 있었다.

개찰구를 통과하여 뒤돌아보니 부모님은 계속 나를 바라보고 있었다. 크게 손을 흔들자 두 사람은 미소를 지어주었다. 그래, 괜찮을 거야. 부모님의 모습에 안심한 나는 가방을 손에 쥐고 플랫폼으로 달려갔다. 앞으로는 어머니와 아버지를 더 자주 보러

가자. 부모님과 더 많은 시간을 보내자. 멀리 떨어져
사는 만큼 함께 하는 시간을 소중히 하자. 신칸센을
기다리며 그렇게 다짐했다.

제5장

새로 만들어가는 어머니와의 관계

제25화

할머니의 죽음과
어머니의 슬픔

아버지가 쓰러진 후로 고향을 자주 찾았다. 그 무렵에는 어릴 적부터 어머니에게 품었던 응어리도 싹 사라지고 없었다. 어머니의 귀가 들리지 않는다는 사실에 대한 부정적인 감정은 자취를 감추었고 내가 할 수 있는 일에만 고심했다.

그렇지만 일을 관두고 아예 고향으로 돌아갈 수도 없었다. 글쓰기는 학력도 경력도 없는 내가 겨우 손에 넣은 일이었다. 이대로 포기한다면 앞으로 취직하기 더 힘들어질 것이다. 어떻게든 지금 상황을 유지하면서 어머니와의 거리를 좁혀가고 싶었다. 그리하여 찾아낸 답이 자주 고향을 찾는 것이었다. 일은 여전히 바빴으나 노트북만 있으면 원고는 어디서든 쓸 수 있다. 일을 조율해 몇 개월에 한 번은 고향으로 가자. 도저히 갈 형편이 안 된다고 해도 반년에 한 번은 어머니를 만나러 가자. 1년에 한 번 갈까 말까 하던 과거를 떠올려보면 극적인 변화였다. 얼굴을 자주 비추자 바쁜 거 아니냐고 걱정하는 어머니도 어딘가 모르게 기뻐 보였다. 그 미소를 볼 수 있다는 사실만으로도 나는 만족감을 느꼈다.

아버지가 쓰러지고 2년이 지난 2015년, 할머니가 돌아가셨다. 한참 일에 집중하는데 휴대전화 벨 소리가 울렸다. 전화를 받자 이모가 "다이, 할머니랑 이야기 나눌래?"라고 물어보았다. 그 한마디에 할머니가 위독하다는 사실을 알았다.

고향 집에 갈 때마다 할머니의 인지 능력은 점점 더 떨어지고 있었다. 말을 걸어도 손자를 잘 인식하지 못하는 경우도 드물지 않았다. 몇 년 전인가는 나를 죽은 남동생인 줄 알고 지금까지 어디에 있었냐고 묻기도 했다. 적잖게 당황했지만 아니라고 하기도 귀찮아 나는 할머니의 이야기를 대충 흘려들었다. 그런 할머니의 임종이 가까워진 것이다.

마지막으로 만난 게 언제였더라. 기억을 더듬어 보았다. 반년 전인가, 아마 1년은 지나지 않았을 터였다. 할머니는 다리에 힘이 없어 자유롭게 걸어 다닐 수 없었다. 그래도 말도 잘하고 식사도 잘했기에 죽음이 다가오고 있다는 생각은 해본 적도 없었다.

이렇게 갑자기 위중해질 줄이야.

집에 들어서니 할머니는 환자용 침대에 누워 있었다. 의식이 없는지 말을 걸어도 뚜렷한 반응을 보이지 않았다. 내가 일에 치여 잠시 한눈파는 틈을 타 어느새 할머니가 이렇게 쇠약해진 것이다. 무심결에 어머니를 쳐다보자 어쩔 수 없었다고 했다. 할머니의 건강이 심상치 않다고 더 빨리 알려 주지 그랬어. 그 말이 턱밑까지 올랐지만 내게 그런 이야기를 할 권리가 없어 말을 삼킬 수밖에 없었다.

줄곧 누워만 있던 할머니는 욕창이 심해져 무언가가 썩은 듯한 고약한 냄새가 났다. 솔직히 코를 막지 않고는 견딜 수 없을 정도였다. 하지만 어머니는 그런 할머니의 머리카락을 매만지며 물에 적신 솜으로 입가를 적셨다. 나는 어머니와 할머니를 내려다보며 우두커니 서 있기만 했다.

할머니는 내가 도쿄로 돌아간 직후 숨을 거뒀다. 위독하다는 소식을 듣고 닷새나 머물렀지만 일이 신경 쓰여 잠깐 도쿄에 간 사이에 세상을 떠난 것이다. 마지막 순간을 보여주지 않았던 건 할머니 나름의 고집이었을까. 할머니가 돌아가셨다는 연락을 받고 발길을 돌려 고향 집으로 향했다. 할아버지 장례식에 이어 이번에도 내가 상주 역할을 맡았다. 장례식은 두 번째였지만 여전히 적응은 되지 않았다. 다만 할아버지 때와는 달리 되도록 침착하게 굴려고 노력했다. 예상외로 크게 슬퍼하시는 어머니에게 쓸데없이 걱정을 끼치고 싶지 않았기 때문이었다.

장례식과 화장이 끝난 날 밤, 어머니와 단둘이 이야기를 나눌 기회가 있었다. 초췌해진 어머니를 위로하고자 말을 건넸다. 이모들에게 들은 바로는 할머니를 간병하는 일이 무척 힘들었다고 한다. 침대에 누워 생활하기 전에는 할머니가 한밤중에 자꾸 집 밖을 배회하는 일이 늘어났다고 한다. 무슨 일이 생길까 걱정이 된 어머니는 할머니가 일어나면 바로 알 수 있게 자신과 끈으로 묶은 뒤 잠을 자기도 했다고 한다. 그토록 헌신적으로 보살폈건만 어느 날은 할머니가 갑자기 화를 내며 욕을 퍼붓기도 했다. 그럼에도 어머니는 할머니의 곁을 지키고자 했다.

— 엄마, 고생했어요. 힘들었을 텐데 이제는 좀 쉬세요.

그러자 어머니는 나를 곧게 바라보고는 고개를
가로저었다.

— 힘들긴. 오히려 할머니와 마지막까지 함께
있을 수 있어서 좋았는 걸.
— 좋았다고?
— 엄마는 이제껏 할머니를 힘들게 했잖니. 그
래도 마지막까지 보살펴 드릴 수 있어서 얼마나 다
행이었는지 몰라. 시간이 조금 더 있었다면 좋았을
텐데. 세상에 단 하나뿐인 엄마니까.

대답을 마친 어머니는 그대로 울음을 터뜨렸
다. 아무리 병간호가 힘들어도 할머니와 보낸 시간
이 싫었던 적은 없다고 한다. 세상에 단 하나뿐인 엄
마와의 마지막 시간이니 어머니는 누구보다도 소중
히 여기며 남은 시간을 애지중지하듯 보냈다. 거기에
는 장애가 있는 자신을 길러준 할머니에 대한 감사
나 보답과도 같은 애정이 있었던 것일지도 모르겠다.
어머니를 보면서 그토록 애정을 쏟아부어도 고
인에 대한 후회만 남는구나 싶었다. 만약 지금 어머

니가 돌아가신다면 나는 후회하지 않을 수 있을까? 그런 의문이 고개를 치켜들었다. 분명 나는 죽고 싶을 만큼 후회할 게 뻔했다. 어머니에게 해주지 못한 일들이 너무 많았다. 이제까지 받은 애정을 무엇 하나 되돌려주지 못했다. 나는 어머니에게 어떻게 보답해야 할까.

하염없이 눈물을 흘리며 할머니와의 추억을 이야기하는 어머니를 보며 내가 지켜주어야겠다고 생각했다. 힘이 들 때면 무한한 애정을 담아 손을 내밀어 주어 어머니가 행복한 인생이었다고 느끼게 해주고 싶다. 분명 내가 할 수 있는 일이 있을 것이다.

제26화

청각장애인도
할 수 있어

할머니가 돌아가시고 나서 어머니는 아버지와 단둘이 살게 되었다. 고향 집에 귀가 들리는 사람이 아무도 없는 셈이다. 부모님이 걱정스러웠던 나는 무슨 일이 있을 때마다 금세 달려갈 수 있도록 프리랜서 작가가 되었다. 소속된 회사가 없으니 내 책임하에 자유롭게 움직일 수 있다. 안정된 생활과 맞바꾸어 언제든지 어머니 곁에 달려갈 수 있는 운신의 자유를 선택했다.

프리랜서로 일하게 된 덕분에 시간을 자유롭게 쓸 수 있다는 소식을 들은 S가 청각장애인 친구들과 모여서 술을 마신다고 연락을 해왔다. 긍정의 두 글자로 참석을 결정했다. 장소는 신주쿠에 있는 이자카야였다. 그 자리에 청인은 나 혼자였고 다른 사람들은 모두 들리지 않는 사람들이었다. 한자리에 모인 것은 오랜만이기도 해서 그들이 마음껏 유쾌한 시간을 보냈으면 했다.

점원이 요리를 설명할 때 일단 내가 듣고 그들에게 전해주었다. 음료를 추가 주문할 때는 나서서 점원을 불렀고 계산도 내가 한꺼번에 모아서 했다. 들리는 점원과의 모든 소통을 내가 맡은 것이다. 그게 이 자리에서 유일하게 귀가 들리는 나의 역할이라 여겼다.

하지만 내가 다 해주겠다는 식의 태도를 보일 생각은 아니었다. 그저 모처럼 모인 즐거운 자리에 들리지 않는다는 이유로 조금이라도 불쾌한 일이 생기는 걸 피하고 싶었을 뿐이었다.

자리가 파하고 헤어지려는데 S가 나를 불렀다.

— 오늘 우리 대신 이것저것 해줘서 고마웠어.

다행이다. 재밌는 시간을 보냈구나. 나는 안이하게 여겼다. 하지만 S의 표정은 어두웠다. 다음 말을 기다리니 그녀는 조심스럽게 다시 수어를 했다.

— 하지만, 우리도 할 수 있는 일을 빼앗지는 말아줘.

그들도 얼마든지 음료와 요리를 주문할 수 있다. 발성을 잘하지 못해도 메뉴에 손가락을 짚으면 전달된다. 점원을 부르고 싶으면 손을 들면 되고 요리에 대한 설명이 이해가 안 되면 천천히 이야기해 달라고 하거나 종이에 적어 달라고 부탁하면 된다. 애초에 자신들이 농인이라고 밝히면 가게 측도 접객 방식을 달리해 줄 수 있다. 그 정도는 우리도 할 수 있어. S는 괴로운 듯 하나하나 털어놓았다. 상대방에 대한 배려가 되려 상처를 입혔다니, 심지어 그 사실을 전혀 눈치채지도 못했다니 얼마나 어리석은가.

동시에 어머니의 얼굴이 떠올랐다. 고등학생 때 나는 아르바이트를 하고 싶다는 어머니의 뜻에 반대했다. 그때는 어머니를 지키고 싶었을 뿐이었다. 들리는 세상에서 상처받지 않도록 어머니를 들리지 않는 세상에 가둬둔 것이다. 심지어 아직도 그렇게 생각했다. 하지만 그게 얼마나 잔혹한 짓이었는지 S의 지적으로 처음 깨달았다.

몇 개월 후 다시 S에게서 연락이 왔다. 간사이 지방에 1박 2일로 함께 여행 가지 않겠냐는 제안이었다. 흔쾌히 받아들이고는 숙박할 곳을 찾으려 했

다. 그런데 문득 S가 했던 이야기가 머릿속을 스쳤다.

— 우리도 할 수 있는 일을 빼앗지는 말아줘.

S는 내게 알려주었다. 청각장애인은 단지 들리지 않을 뿐 무슨 일이든 해낼 수 있는 사람들이라고 말이다. 마음을 고쳐 먹고 S에게 메시지를 보냈다.

〈여행 준비 부탁해도 될까?〉

그녀는 나의 부탁을 기꺼이 들어주었다. 출발하는 날, 우리는 도쿄역에서 만나 신칸센에 올라탔다. S는 여행 일정표 같은 걸 만들어온 모양인지 1박 2일 동안의 일정이 빼곡하게 적혀 있었다.

— 일부러 만들어 온 거야?

놀라는 나를 보고 그녀는 기분 좋게 웃었다.

— 이가라시는 덜렁대는 구석이 있으니까 내가

꼼꼼하게 챙겨야지.

S의 말에 나는 끽소리도 하지 못했다.

첫날은 나라에 있는 유명한 관광지를 돌았다. 나라 공원에서 사슴에게 쫓기는 내 모습을 보고 S는 소리 내어 웃었다. 저녁에는 알 만한 사람들은 다 아는 유명 요릿집에서 밥을 먹었다. 가게가 아담해 곧바로 들어갈 수 있을지 불안했으나 그녀는 예약까지 미리 해 둔 듯했다. 테이블을 채우는 요리가 전부 맛있어서 술이 술술 들어갔다. S가 고른 호텔은 넓고 깔끔했다. 심신을 달래는 휴식 여행이라는 표현이 딱 어울리는 곳이었다. 우리는 방에서도 술을 마시고 각자 잠자리에 들었다.

다음날 몸을 흔드는 S의 손길에 눈을 떴다. 휴대 전화를 보니 약속 시간에서 30분이나 지나 있었다. 무의식적으로 알람을 끈 모양이었다. 무거운 눈꺼풀을 비벼대자 나갈 준비를 완벽하게 끝낸 S가 미간을 찌푸렸다.

—늦었잖아.

─ 미안. 늦잠 잤네.

─ 빨리 준비하고 가자.

문득 궁금한 것이 생겨 옷을 갈아입기 전에 S에
게 물어보았다.

─ 그런데, 소리가 안 들리는데 어떻게 알람을
맞춰?

─ 이제 와 그게 궁금해?

그렇게 대답하며 S는 의기양양하게 손목시계
같은 것을 보여주었다. 그 시계는 지정한 시간에 맞
춰 진동한다고 한다. 그래서 차고 자면 소리에 의지
하지 않아도 충분히 일어날 수 있는 것이다. 시대가
발전하면서 편리한 물건이 등장한 모양이다.

어머니는 가지고 있지 않던 시계였다. 그러니
아마도 최근에 출시되지 않았을까 생각한다. 하지만
어머니는 매일 아침 제일 먼저 일어나 아침 식사를
준비했고 나를 깨워주었다. 대체 어떻게 일찍 일어
날 수 있었을까. 틀림없이 가족을 위해서라는 책임감

이 그녀를 지탱해 주었을 것이다. 나라면 절대 불가능했을 일을 묵묵히 해온 어머니가 존경스러웠다. 아직 잠에서 깨지 않은 둔한 머리로 멍하니 생각에 잠겨 있는데 S가 빨리 준비하라며 이불을 젖혔다.

여행은 S 덕분에 무척 즐거웠다. 만사를 귀찮아하고 계획도 잘 세우지 못하는 내가 그녀 대신 일정을 짰더라면 아마 여행은 엉망이 되었을 것이다.

즐거운 시간은 순식간에 지나갔다. 도쿄역에서 헤어지면서 나는 그녀에게 인사를 건넸다.

─ 네 덕분에 정말 즐거웠어. 고마워.

그러자 S가 의기양양하게 웃었다.

─ 나 여행 계획 세우는 거 잘해. 다음에 여행 갈 때 또 맡겨줘.

우리는 손을 마주 흔들며 각자의 집으로 향했다. 문득 뒤를 돌아보는데 S가 두 발로 당당히 걸어가는 모습이 시야에 들어왔다. 문득 그 위로 어머니

가 겹쳐 보였다. 어머니에 대한 응어리는 어느샌가 사라지고 어머니를 지키고 싶다는 마음이 자라났다. 그러나 이건 들리지 않는 것에 대한 편견 때문은 아닐까? 아무것도 못 한다고 여기기에 지켜주고 싶은 걸지도 모른다. 그럼 정말로 어머니를 위한 일은 무엇일까.

씩씩하게 걸어가는 S를 바라보면서 나는 평등의 의미에 대해 오랫동안 곱씹었다.

제27화

고시엔에서 피어난
가족 간의 사랑

어머니를 지켜주고 싶다는 마음은 어쩌면 잘못된 생각일지도 모른다. 들리지 않는 부모와 들리는 자녀의 이상적인 관계란 무엇일까. 고향 집에서 어머니와 웃으며 이야기하는 와중에도 문득문득 그러한 생각이 들었다. 이대로 정말 괜찮을까.

그러던 어느 날 코다를 다룬 뉴스를 보게 되었다. 주인공은 2017년 여름 고시엔˚에 출전한 마쓰타니 나오토 선수였다. 그의 아버지는 아들이 고시엔에서는 모습을 보며 청각장애로 포기했던 야구선수의 꿈을 대신 이뤘다. '청각장애 아버지의 꿈, 고시엔에서 이뤄지다'라는 기사 제목을 발견한 순간 이야기를 듣고 싶어졌다. 하지만 기사화할 수 있을지는 확신이 없었다. 코다에 관한 이야기를 실어줄 곳이 있기는 할까. 하지만 지금의 나는 고시엔에 진출한 마

˚ 정식 명칭은 일본 전국 고교야구 대회로, 이 대회가 열리는 구장의 이름을 따 통칭 '고시엔'이라 부른다.

쓰타니 선수의 심정을 알아야 했다.

마쓰타니 선수가 다니는 고등학교에 연락하니 그의 어머니를 연결해 주었다. 그리고 상의 끝에 마쓰타니 선수 일가는 나의 요청을 흔쾌히 받아주었다. 2017년 10월 신칸센을 타고 마쓰타니 선수의 집이 있는 와카야마현으로 향했다. 집에 도착하자 마쓰타니 선수와 그의 부모님이 나를 맞아주었다. 막상 그들과 마주하니 그저 이야기를 듣고 싶다는 일념 하나로 취재를 요청하고 집까지 찾아온 게 과연 올바른 일이었는지 갑자기 불안감이 들었다. 하지만 다행히 먼 곳까지 와줘서 감사하다고 따뜻하게 환영해 주어 가슴을 쓸어내렸다.

현관에는 유니폼을 입은 마쓰타니 선수와 그 옆에서 호쾌하게 웃는 아버지의 사진이 잔뜩 걸려 있었다. 두 사람이 발맞춰 이루어낸 꿈이었다. 사진만 보아도 두 사람이 어떤 사이인지 확실하게 보였다.

마쓰타니 선수의 어머니는 청인이었다. 수어 통역사 자격증을 보유한 그녀는 지역 내의 청각장애인을 돕고 있다고 한다. 수어가 서툰 탓에 나는 그녀의 힘을 빌려 취재를 진행하기로 했다.

야구의 열성팬이었던 마쓰타니 선수의 아버지는 고시엔 시즌이 되면 야구 이야기를 입에 달고 살았다. 이러한 환경에서 자란 아들도 자연스레 야구를 좋아하게 되었다. 초등학생이 되고 나서는 야구팀에서 매일 같이 공을 쫓아다녔다. 아버지도 그런 아들을 응원하고자 연습 파트너가 되어주었다. 이윽고 마쓰타니 선수는 고시엔 출전을 꿈꾸게 되었다.

"아버지의 꿈을 제가 대신 이루어드리면 조금은 효도할 수 있지 않을까 해서요."

마쓰타니 선수는 쑥스러운 듯 웃으며 대답했다.

"실제로 고시엔 출전이 결정됐을 때 아버지가 너무 우셔서 가족들 모두 깜짝 놀랐어요. 물론 그전까지는 야구가 싫었던 순간도 많았죠. 재미없다고 느끼기도 했고요. 그래도 아버지를 기쁘게 해드리고 싶었기 때문에 열심히 해서 반드시 고시엔에 진출하겠다고 결심했어요."

마쓰타니 선수가 어릴 때부터 짊어진 각오 비슷한 것을 그의 어머니는 알고 있었다. 꼭 아버지의 꿈을 이어받지 않아도 좋으니 하기 싫으면 언제든지 그만두어도 좋다고 한 적도 있었다. 하지만 마쓰타니 선수는 야구를 포기하지 않았다. 야구로 이어진 깊은 유대감과 애정이 그를 지탱하고 있지 않았을까.

마지막으로 마쓰타니 선수는 이렇게 덧붙였다.

"들리지 않는 사람뿐만 아니라 장애가 있어서 불편함을 겪는 사람들을 보면 뭔가 해주고 싶어요. 내가 도울 수 있는 일이 있지 않을까 하고요. 그건 아버지를 보고 자랐기 때문이에요. 들리지 않는 아버지도 많은 사람의 도움을 받았거든요. 그러니 이제는 아버지의 아들인 제가 갚아나갈 차례예요."

그런 아들을 지켜보는 아버지의 시선은 온화함과 따스함으로 채워져 있었다. 나는 두 사람을 보고 터져 나올 듯한 울음을 꾹 참아냈다. 취재를 마치고 마쓰타니 선수와 그의 아버지가 차로 근처 역까지 데려다주었다. 앞에서 즐겁게 대화를 나누는 두 사람의 모습이 조금은 부러웠다.

도쿄로 돌아오는 신칸센 안에서 그 모습이 계속 떠올랐다. 마쓰타니 선수는 들리지 않는 아버지를 사랑하며 살아왔다. 하지만 나는 어떠한가. 눈을 감으니 어머니의 슬픈 미소가 아른거렸다. 그녀에게 그런 표정을 짓게 한 건 언제나 나였다.

제28화

우생보호법의 피해자가 된 장애인

마쓰타니 선수와 만난 이후로 코다로서 들리지 않는 부모님과 어떻게 마주해야 할지 고민을 멈출 수가 없었다. 나는 무엇을 할 수 있을까, 애초에 할 수 있는 게 있을까. 고민하면 할수록 깊은 안갯속을 헤매는 듯 정답에 다다를 수가 없었다.

2018년 9월이었다. 좀처럼 진도가 나가질 않는 원고를 제쳐 두고 인터넷을 보다가 충격적인 뉴스를 발견했다. 효고현에 사는 농인 부부 두 쌍이 국가를 상대로 소송을 제기했다는 뉴스였다. 이들은 우생보호법에 따라 강제 불임수술을 받았다고 한다. 지금은 폐지된 우생보호법 제1조에는 '불량한 자손의 출생을 방지한다'라는 조문이 있었다고 한다.

이 법에 따라 장애인들은 강제 중절수술이나 불임수술을 받았다. 장애인에게 장애가 있는 아이를 낳지 않게 하겠다는 왜곡된 인식 때문이었다. 예의 농인 부부는 청각장애를 이유로 아이를 낳지 못하게 되었다. 2018년 1월 미야기현에서 처음 제소된 소송을 시작으로 전국에서 강제 불임수술이라는 차별적 행위의 피해자가 된 장애인들이 들고일어났다.

뉴스를 접했을 때 나는 몸이 살짝 떨려 왔다. 어머니가 나를 낳은 건 우생보호법이 존재하던 시절이었다. 어쩌면 나도 태어나지 못했을 수 있다. 이렇게 매일 밥을 먹고 친구들과 사소한 일로 웃거나 때로는 부모님에 대해 고민을 할 수 있는 것도 전부 어머니가 나를 낳아주었기 때문에 가능했다.

그러나 한편에서는 자신에게 찾아온 소중한 생명을 강제로 포기할 수밖에 없었던 사람들이 존재한다고 생각하니 이렇게 살아있는 것 자체가 마치 기적 같았다. 아버지가 입원했을 때 할머니가 해주신 말이 머릿속을 스쳤다. 아버지와의 결혼을 허락하는 대신 어머니에게 아이를 낳지 말라고 했던 이야기말이다. 우생보호법과 관련된 소송 뉴스를 접한 나의 뇌리에는 할머니에게 들었던 옛날이야기의 풍경이 연이어 떠올랐다.

장애인끼리 결혼하면 안 된다는 부조리한 이유로 어머니는 반대에 직면했다. 뜻을 이루고자 마땅히

갈 곳도 없으면서 아버지와 함께 도쿄로 도망쳐 새
로운 삶을 시작하려 했으나 결국 제자리로 되돌아갔
다. 어머니는 주위 사람들이 포기했기 때문에 결혼할
수 있었다. 하지만 그다음은 임신 반대에 부딪혔다.
젊은 어머니에게 사회는 언제나 순풍이 아니라 역풍
이었다.

결혼한 지 10년이 지나서야 간신히 아이를 낳
도록 허락받았다. 사실은 허락을 받아야 할 문제가
아님에도 어머니는 주위 사람들의 분부를 착실히 따
르며 살아왔다. 그건 사람으로서 살 권리를 박탈당
한 것이나 다름없다. 어머니는 우생보호법의 피해자
가 되지는 않았지만, 가족의 편견이 낳은 희생자였
다. 할머니와 할아버지에게 깊이 박혀 있던 장애인에
대한 편견은 그대로 어머니에게로 향했다. 물론 조부
모님은 어머니의 인생을 걱정하여 그런 결론을 내렸
을 수도 있다. 하지만 아무리 긍정적으로 여기려 해
도 받아들일 수 없었다. 너무나도 가혹했다.

그때 어머니가 대체 어떤 심정이었을지 나로선
도저히 상상이 가지 않았다. 그런 일이 있었음에도
나를 낳아주고 정성껏 길러준 어머니에겐 삶이 일종

의 투쟁이었을지도 모르겠다. 하지만 나는 어머니가 짊어온 것들에 대해 아는 바가 전혀 없었다. 그리고 무지함 때문에 어머니에게 심한 상처를 주었다. 과거의 흔적을 돌이켜보니 내가 저지른 죄의 무게가 뼈저리게 느껴졌다. 후회와 반성의 물결이 번갈아 들이닥쳤다. 이제 와 아무리 사과한들 부족할 것이다. 그렇다면 지금부터 내가 할 수 있는 일, 내가 해야 할 일을 찾으면 된다.

그러다 문득 글로 마음을 전하면 어떨까 하는 생각이 들었다. 그 무렵 나는 인터넷에 나의 성장 배경과 귀가 들리지 않는 부모님에 대해 이야기를 조금씩 풀어내고 있었다. 그러나 과거의 경험을 적나라하게 드러낼 정도의 용기는 없었다. 어머니에게 한 짓이 알려지면 다들 나를 어떻게 바라볼까. 장애를 이유로 그녀를 매도하고 상처 준 사실을 공공연히 밝히면 미움받지는 않을까. 그렇게 생각하니 도무지 글이 써지지 않았다.

그러나 이제 자기 방어는 그만둘 때였다. 아들인 내가 어머니에게 품었던 차별적인 감정과 편견을 모조리 드러내어 어머니처럼 들리지 않는 사람들의 아픔을 다시 한번 전하는 일이야말로 내가 할 수 있는 유일한 일이 아닐까.

고등학교를 막 졸업했을 무렵 무언가를 표현하고 싶다며 발버둥질했던 시절의 내 모습이 어렴풋이 떠올랐다. 그때는 오로지 나를 위해서였다. 하지만 지금은 다르다. 들리지 않아 삶에서 어려움을 마주하는 사람들에게 힘이 되는 글을 쓰고 싶다. 마음속 깊은 곳에서 처음 느끼는 감정이 들끓어 올랐다.

제29화

코다로 태어나
자랑스럽다

그 후로 나는 청각장애와 코다에 대한 기사를 많이 썼다. 그중에서도 2019년 6월에 허프포스트에 실린 '귀가 들리지 않는 어머니를 미워했지만, 어머니는 늘 고맙다고 했다'라는 제목의 기사는 큰 반향을 불러일으켰다.

기사에는 남들처럼 평범하게 말하지 못하는 어머니에 대한 분노와 절망, 어머니를 싫어한 과거를 술회했다. 지나치게 직설적인 제목이어서 같은 청각장애인이 읽고 상처받을까 걱정도 되었다. 하지만 거짓말을 하고 싶진 않았다. 기사는 들리지 않는 어머니에게 몹쓸 짓을 한 나의 속죄였다. 과거를 없는 걸로 치부하지 않고 정면으로 마주할 필요가 있었다. 그에 따른 비판은 내가 기꺼이 감수해야 할 몫이었다.

기사가 공개되자 겪어본 적 없을 만큼 커다란 파장이 일었다. 나와 같은 처지인 코다들은 공감한다는 댓글을 달았고 아이를 어떻게 대해야 하는지 고민해 보는 계기가 되었다고 한 부모도 있었다. 댓글과 메시지를 하나하나 눈에 담았다. 모두가 못난 나를 응원해 주었다. 개중에는 이런 기사를 써줘서 고맙다며 감사 인사를 한 사람까지 있었다.

무엇보다 기뻤던 건 이제까지 살면서 청각장애인을 접한 적이 없다는 사람들에게 받은 메시지였다. 이러한 사실을 전혀 몰랐으며, 앞으로 더 많이 알고 싶다는 메시지를 읽고 있자니 화면이 눈물로 흐릿해졌다. 청각장애는 눈으로 판별하기 어렵기에 주변에 청각장애인이 있다는 사실을 알아채기 어렵다. 내 기사를 계기로 곁에 있는 그들의 존재를 깨닫게 된다면 그것보다 더 기쁜 일은 없을 것 같았다.

기사에 대한 반응을 원동력 삼아 청각장애인과 코다에 대한 취재를 거듭해 나갔다. 그때마다 과거의 나를 떠올리거나 새로운 발견에 놀라워했으며, 너무나도 괴로운 역사에 가슴이 저렸다.

코다는 들리지 않는 부모님을 지키고 싶다는 긍정적인 마음과 들리지 않는 부모님이 싫다는 부정적인 마음 사이에서 크게 흔들린다. 수어를 능숙하게 익히지 못하면 부모님과 깊은 대화를 나누지 못하

니 나도 청각장애인이었으면 좋았을 거라고 괴로워
한다. 단지 들리지 않는 부모님에게 이야기하고 있을
뿐인데 부모님을 살뜰히 챙기니 기특하다는 칭찬을
듣고 위화감을 느낀다. 스스로 자신의 처지를 불쌍하
게 여기지 않건만 사회의 편견으로 인해 반강제적으
로 불쌍한 아이라는 딱지가 붙는다.

그리고 청각장애인은 아무것도 못 하는 사람들
이라는 편견 어린 시선에 노출되어 있다. 수어는 들
리지 않는 사람들을 돕는 복지 수단이 아니라 엄연
한 언어다. 구화 교육을 받으면 들을 수 있을 거란 왜
곡된 인식 때문에 이를 억지로 배우기도 한다.

청각장애 취재는 곧 어머니에 대해 알아간다는
뜻이다. 그 여정은 평탄하지 않았다. 직시하고 싶지
않은 과거의 상처가 내 앞에 불쑥 나타나기도 했고
고통스러운 역사 속 피해자를 알게 되어 누구보다도
충격을 받은 적도 있었다. 하지만 외면할 수 없었다.
그리고 지금을 살아가는 사람들이 알기를 바랐다.

그 과정에서 들리지 않는 부모의 들리는 아이들
의 모임인 J-CODA Japan Children of Deaf Adults 에 가입
했다. 모임을 통해 전보다 더 많은 코다와 교류하게

되었다. 또 이곳에서 나는 내가 만난 코다 대부분이 코다로 태어난 걸 자랑스러워한다는 사실을 알 수 있었다. 그들은 자신이 코다라는 사실을 적극적으로 알리고 수어의 재미와 농문화의 매력, 들리는 것과 들리지 않는 것의 다름을 많은 사람에게 전하려 했다. 돌이켜보면 중학생 때 변론 대회에서 들리지 않는 부모님에 대해 발표한 C도 마찬가지였다. 부모님의 귀가 들리지 않는 건 전혀 부끄러운 일이 아님을 C는 어려서부터 알았을 것이다.

나는 이러한 코다들의 자세를 보고 깊은 감명을 받았다. 하지만 동시에 스스로를 탓하는 시간도 점점 늘어갔다. 내 과거와 마주하고 있으면 끔찍한 장면이 섬광처럼 지나갔다. 그때마다 등 돌리고 싶었고 모든 것을 없던 일로 하고 싶기도 했다. 그들의 밝은 모습을 볼 때마다 어두운 내 과거가 혐오스러워 더는 쓰고 싶지 않았다.

그런 혐오감에 빠진 나를 구원해 준 것 역시 코다였다. 나카쓰 마미라는 이름의 그녀는 도쿄대학 특임 조교로서 코다와 청각장애를 연구하는 한편, J-CODA의 회장을 맡은 인물이다.

나카쓰 씨를 취재했을 때 나는 무심코 속내를 털어놓았다.

"저는 부모님에게 아무것도 해준 게 없어요. 그러기는커녕 특히 어머니게 상처를 주고 말았죠. 지금은 이렇게 후회하고 있지만요. 글을 쓰는 이유도 속죄하고 싶어서예요."

내 고백에 나카쓰 씨는 상냥하게 웃으며 고개를 끄덕였다.

"이해해요. 제가 청각장애 연구를 계속하고 있는 것도 속죄이니까요."

나카쓰 씨는 20대에 들리지 않는 아버지를 떠나 보냈다. 아버지의 임종을 목전에 두고 그제서야 자신이 부모님께 해준 일이 아무것도 없다는 사실을 깨닫고 아버지를 그리워하며 코다와 청각장애에 대해 널리 알리는 활동에 종사하고 있다고 한다.

나카쓰 씨가 말을 이어갔다.

"코다는 부모님을 부정하는 마음과 도와야 한다는 긍정적인 마음 사이에서 흔들릴 수밖에 없어요. 그러니 이가라시 씨가 이상한 게 아닙니다."

나는 나카쓰 씨의 말에 위안을 얻었다. 어머니

에게 상처 준 과거를 부정하지 않고 코다로서 괴로 워했던 나의 등을 쓰다듬어주는 울림이었다. 나카쓰 씨는 한마디 덧붙였다.

"이가라시 씨는 왠지 제 남동생 같네요. 글을 통해 청각장애를 전하려는 모습을 같은 코다이자 누나로서 지켜볼게요."

나는 어린 시절 내내 외톨이라고 느꼈다. 들리지 않는 부모님 때문에 느낀 고통과 괴로움을 나눌 수 있는 사람은 그 어디에도 없다고 굳게 믿었다. 하지만 그렇지 않았다. 이렇게 눈앞에 혹은 SNS에는 같은 아픔을 공유하는 수많은 코다들이 있었다.

울기만 했던 작은 소년이 구원의 손길을 잡고 일어선 느낌이었다. 이제 괜찮아. 외톨이가 아니야. 눈물을 달고 살았던 그 시절에는 이렇게 밝은 미래가 기다리고 있을 것이라고 상상도 하지 못했다. 이제부터는 앞을 향해 나아가야겠다. 코다 작가로서 글로 세상을 바꾸어 가겠다. 나카쓰 씨를 보며 커다란 용기를 얻은 나의 가슴에는 흔들리지 않는 강인함이 자리하고 있었다.

제30화

지켜주지 말고
함께 살아가기

어머니와의 과거를 되짚어보며 청각장애에 대한 글을 쓰는 일은 어느새 내 삶의 일부가 되었다. 과장이라 여길 수도 있지만 글을 쓰는 일은 어머니에게 상처 주었던 일에 대한 속죄와 같다. 때로는 울면서 밤새 원고를 쓴 적도 있다. 청각장애에 대해 알아주었으면 하는 바람만이 나를 움직였다.

그러나 정작 어머니에게는 기사를 읽어보라고 하지 못했다. 물론 기사를 쓴다는 소식은 미리 전해두었다. 어머니의 사진을 실어야 했기 때문이었다. 하지만 내용이 내용이니만큼 기사가 공개되었을 때는 따로 알리지 않았다. 과거의 상처 때문에 다시 상처받지 않을까 걱정되어 전할 수가 없었다. 사실은 많은 사람이 읽어주고 청각장애에 대해 더 알고 싶어 했다고 말하고 싶었으나 각오가 서지 않았다.

그런데 2019년 가을, 고향을 찾은 나에게 어머니가 이야기했다.

─기사 읽었어.

저녁 식사를 하고 있을 때였다. 식탁에는 참치 회와 손수 담근 젓갈, 바지락 된장국, 미역귀채 무침 등등 갖가지 해산물이 차려져 있었다. 어렸을 때는 흔한 반찬이었는데 이제는 전부 진수성찬이다.

─기사라니, 어떤 거요?

갑자기 목이 턱 막혔다. 설마.
어머니가 손가락으로 쿡 찌르자 아버지가 스마트폰 화면을 내게 보여주었다. 화면에 허프포스트 사이트가 떠 있었다. 하필이면 '귀가 들리지 않는 어머니를 미워했지만, 어머니는 늘 고맙다고 했다'라는 기사였다. 제목만 보고 충격을 받지는 않았을까? 순간 말문이 막혔다.

─설마 읽었어요?
─당연하지.
─죄송해요.

어머니는 내 눈을 바라보며 손을 움직였다.

— 왜 사과 해. 기사를 써줘서 오히려 고맙지.
— 네?
— 네 마음을 잘 써줘서 고마워. 정말 기뻤어.

그런 식으로 좋아해 주리라고는 예상하지 못했다. 어머니 옆에서 돋보기를 쓴 아버지가 스마트폰 화면을 보고 있다. 아버지는 아버지대로 싱글벙글 웃고 있었다.

— 엄마를 미워했다고 쓰여있잖아요. 화나지 않아요?
— 그럴 리가. 그리고 이미 지나간 이야기잖니? 이제 와서 뭘 어떻게 할 수 있는 것도 아니니까. 그래도 지금은 다이 너도 이렇게 집에 자주 내려오잖니. 그것만으로도 엄마는 충분해.

뜻밖에 어머니에게 감사 인사를 받으니 아무 말도 할 수가 없었다.

─ 우리 다이가 참 훌륭한 일을 하고 있었네.

어릴 때부터 어머니는 변함없이 나를 긍정해 주었다. 무얼 하든 칭찬하고 응원해 주고 괜찮다며 등을 떠밀어주었다. 하지만 그게 그토록 고마운 일인 줄 예전에는 미처 몰랐다.

─ 고마워요. 앞으로도 열심히 쓸게요.
─ 엄마가 늘 응원할게. 그런데 너무 이상한 사진은 싣지 마. 예쁘게 나온 사진만 써줘.

우리는 얼굴을 마주보고 웃었다. 몹시 평온한 밤이었다.

그 이후 나는 청각장애와 코다에 대해 더욱 열심히 쓰기 시작했다. 노트북 앞에서 어머니와 보낸 날들의 기억을 더듬으며 한 문장 한 문장 풀어냈다. 괴로운 순간은 여지없이 찾아왔지만 밉살스러운 내 모습과 추악한 과거를 문장으로 토해냄으로써 비뚤어진 역사가 조금씩 정리되는 듯했다.

다만 어머니와의 옛일에 대한 글을 쓰면서 한

가지 꼭 해야 할 일이 있었다. 바로 어머니에 대한 사과다. 뒤틀린 어머니와의 관계가 겨우 회복되었지만 제대로 사과를 한 적은 없었다. 이제 와 굳이 해야 할 필요가 있을까 싶지만 내 마음을 정리하기 위해서라도 언젠가는 꼭 해야 할 것 같았다.

2020년 9월, 나는 목적을 이루기 위해 고향으로 향했다. 이 무렵에는 신종 코로나바이러스 때문에 고향을 찾기도 꺼려져 연초에 한 번 방문한 이후 계속 가지 못하고 있었다. 아버지와 스마트폰으로 자주 연락을 했지만 얼굴을 볼 수 없으니 어머니가 어떻게 지내는지 꼼꼼히 살피기가 어려웠다.

긴급사태 선언이 해제되었음에도 신중하게 외출을 삼갔던 나는 어머니를 찾아가기로 마음 먹었다. 사과하며 다시 한번 우리의 과거와 마주하자. 센다이로 가는 신칸센 안에서 전에 없는 긴장감을 느꼈다. 집에 온 나를 맞이한 어머니는 제일 먼저 몸은 괜찮냐고 물었다. 어머니는 언제나 내 걱정만 한다.

식사를 마치고 다음 날도 출근해야 하는 아버지가 먼저 잠자리에 들었다. 잘 자라는 인사를 주고받은 뒤 어머니와 둘만 남은 거실에는 정적이 흘렀다.

─ 엄마, 할 이야기가 있어요.

─ 뭔데?

막상 미소 짓는 어머니를 마주하자 선뜻 말을
꺼내기가 쉽지 않았다. 그렇지만 무슨 일이 있어도
사과는 꼭 해야만 했다.

─ 저기, 죄송해요.

─ 뭐가?

어머니는 의아하다는 표정을 지었다. 명확하게,
제대로 사과하자.

─ 지금까지 가슴 아프게 해서 죄송해요. 어렸
을 때 엄마가 들리지 않는다고 싫다고 한 것도요. 사
실은 저, 엄마 정말로 좋아했어요.

내가 전하고자 했던 내용을 이해했는지 어머니
의 얼굴에서 웃음기가 싹 사라졌다. 그리고 어머니는
굵은 눈물방울을 흘리기 시작했다. 그 눈물은 어떤

의미일까. 나는 당황을 금치 못했다.

— 엄마, 괜찮아요?
— 괜찮아, 괜찮아.

걱정하는 나를 한 손으로 제지한 어머니는 호흡을 다듬으며 수어를 이어갔다.

— 사과할 필요 없어. 네 마음 잘 알고 있으니까. 다이 너야말로 내가 소리를 못 들어서 안 좋은 일도 겪었잖니. 그런데도 이렇게 건강하게 잘 자라줬으니 그걸로 충분하단다. 바쁠 텐데 우리 보러 자주 내려와 주고. 엄마는 이렇게 착한 아들을 둬서 무척 행복해. 그러니 괜찮아. 고마워.

이번에는 내 차례였다. 집으로 오는 신칸센 안에서 절대 울지 말자고 다짐했었다. 사과하는 사람이 울 수는 없는 노릇이니까. 어머니가 어떤 반응을 보이든 꾹 참고 웃을 작정이었지만 눈물을 참을 수 없었다. 그렇게 엄마와 얼싸안고 울고 웃었다.

　ㅡ아, 그리고 엄마 이야기를 책으로 썼어요. 곧 출간될 거예요.

　어머니는 놀라 눈을 크게 뜨고는 손뼉을 쳤다.

　ㅡ세상에! 네 꿈이 이루어진 거 아니니?

　기억은 잘 나지 않지만 언젠가 책을 내고 싶다고 이야기한 적이 있었다. 어머니는 나의 무모한 꿈을 기억하고 마치 자기 일인 양 기뻐해 주었다. 그러고 나서 어머니는 수줍은 표정으로 이렇게 덧붙였다.

　ㅡ사실 나도 꿈이 있어.
　ㅡ무슨 꿈인데요?

　어머니가 품은 꿈을 들은 순간 나는 도저히 이 사람에겐 못 당하겠다 싶었다.

　ㅡ언젠가 아이들에게 수어를 가르쳐주고 싶어. 수어 교실을 여는 게 엄마 꿈이야.

아무것도 못 하는 약한 존재라고 여겼던 어머니는 전혀 약하지 않았다. 어쩌면 어머니는 내가 어렸을 때부터 원래 강한 사람이었거나, 또는 산전수전 겪다 보니 강인해졌을 수도 있다. 잘은 모르겠지만 지금 눈앞에 있는 어머니는 더 이상 내가 지켜야 할 존재가 아니었다. 지켜줘야 할 사람이 아니라 함께 살아갈 사람이었다.

— 그럼, 아버지가 퇴직하면 도쿄로 이사 오는 게 어때요? 거기서 수어 교실을 여는 거예요. 저도 도울게요.
—아 그것도 좋겠네! 기대된다!

어머니의 꿈은 우리 두 사람의 꿈이 되었다. 제자리에 서 있을 여유는 없다. 꿈을 이루기 위해 더욱 달려야 한다. 시간은 자정을 훌쩍 넘었지만 우리는 손을 멈추지 않았다. 둘밖에 없는 아주 조용한 거실에는 마당에서 울어대는 곤충 소리만이 희미하게 울려 퍼졌다.

이 책을 집필하는 내내 머리 한구석에는 외로운 표정을 짓고 있는 어린 내가 있었다. 그 시절의 나는 왜 나만 이런 감정을 느껴야 하는지 몇 번이나 되묻는다. 나는 이 책을 통해 어머니와의 과거를 되돌아보며 과거의 나와 안녕을 고할 수 있었다. 괴로웠던 나날을 미담으로 바꿔치기하지 않아도 결단코 나쁘지 않은 삶이었다고 인정할 수 있었으니 말이다.

사람들은 과연 이 책을 어떻게 생각할까? 사연팔이라거나 불행 전시라며 부정적으로 바라볼 수도 있다. 한 사람의 작가로서 그 비판도 순순히 받아들이고 싶다. 다만 들리지 않는 부모와 들리는 자녀 사이에 어떤 일이 일어나는지 알아주었으면 좋겠다는 말만은 꼭 전하고 싶다. 그것이 내가 이 책을 쓴 이유이기 때문이다.

나의 어린 시절에 비하면 지금은 청각장애인뿐만 아니라 이른바 사회적 소수자에 대한 차별과 편견은 줄어든 것 같다. 오히려 그러한 차별과 편견에 반대 의견을 드러내는 친구도 많아졌다. 몹시 든든하고 기쁜 일이다. 그러나 한편으로는 여전히 차별과 편견의 뿌리가 깊고 단단하다고 느낀다. 어쩌면 모두가 살기 좋은 사회가 찾아오기까지는 조금 더 시간이 필요할지도 모르겠다. 그렇기에 나는 더욱이 알리고 싶었다. 소수자와 다수자 사이를 가로막는 벽은 무지에 의해 생기기 때문이다. 그리하여 나는 펜을 들었다. 이 책은 어디까지나 개인적인 경험에 불과하지만 이를 다른 세상에서 일어난 다른 사람의 일로 여기지 말고 바로 옆에서 일어날 수 있는 현실로 받아들여 주었으면 좋겠다.

어릴 적 나는 장애가 없는 부모 밑에서 태어나지 못한 사실에 괴로워하고 눈물 흘렸다. 하지만 지금은 만약 다시 태어난다고 해도 귀가 들리지 않는 내 부모님의 자녀로 태어나 두 사람과 수어로 많은 이야기를 나누고 싶다고 생각한다. '들리는 세상'만큼이나 '들리지 않는 세상'도 소중하기 때문이다.

이 책이 탄생하기까지 아주 많은 사람의 힘이 필요했다. 모든 일의 시작이 된 '귀가 들리지 않는 어

머니를 미워했지만, 어머니는 늘 고맙다고 했다'를
집필할 기회를 준 편집자 덕분에 청각장애에 대해
써볼 결심이 생겨 여기까지 올 수 있었다. 좀처럼 진
도가 나가지 않는 나를 보며 초조했을 텐데, 언제나
세심한 도움을 주었다. 인내심 있게 마지막까지 함께
달려주신 많은 관계자 분과 책에 실명으로 등장한
분들 덕분에 마음속에 쌓인 앙금을 토해내는 원고를
쓸 수 있었다.

부모님께도 감사드리고 싶다. 우선 평생 어머니
를 지켜주셨던 아버지, 과묵하고 늘 무뚝뚝한 표정을
짓고 있지만 누구보다도 상냥한 분이란 걸 안다. 어
머니뿐만 아니라 아들인 나까지 보살펴주셨다. 이번
책에는 거의 담지 못했지만 언젠가는 아버지에 관한
이야기도 쓰고 싶다는 생각을 한다.

그리고 계속 상처만 주었던 어머니께 한 번 더
죄송하다고 전하고 싶다. 이렇게 과거를 돌아보니 내
가 얼마나 심하게 대했는지 깨달았다. 그런 나를 외
면하지 않고 늘 응원해 준 순간들을 평생의 보물처
럼 간직하고 싶다. 이번에는 내가 어머니에게 배운
가르침 하나하나를 누군가에게 전할 차례다. 그리고

어렵사리 찾은 우리 두 사람의 꿈을 가까운 미래에
꼭 이루고 싶다.

이가라시 다이

Rono ryoshinkara umareta boku ga kikoerusekai to kikoenaiSekai o ikikishite kangaeta sanju no koto

© Dai Igarashi 2021 All rights reserved.
Originally published in Japan by Gentosha, Inc.
Korean translation rights arranged with Gentosha, Inc. through Shinwon Agency Co., Ltd
Korean translation copyright © 2025 by Korean Studies Information Co., Ltd.

이 책의 한국어판 저작권은 저작권자와 독점 계약한 한국학술정보(주)에 있습니다.
저작권법에 의하여 한국 내에서 보호를 받는 저작물이므로 무단전재 및 복제를 금합니다.

코다

내가 살아가는 두 세계

초판인쇄 2025년 10월 31일
초판발행 2025년 10월 31일

지은이 이가라시 다이
옮긴이 서지원
발행인 채종준

출판총괄 박능원
국제업무 채보라
책임편집 문서영
디자인 홍재희
마케팅 문선영
전자책 정담자리

브랜드 타래
주소 경기도 파주시 회동길 230 (문발동)
투고문의 ksibook1@kstudy.com

발행처 한국학술정보(주)
출판신고 2003년 9월 25일 제406-2003-000012호
인쇄 북토리

ISBN 979-11-7457-179-3 03830

타래는 가족 갈등에 관한 도서를 출간하는 한국학술정보(주)의 출판 브랜드입니다.
타래란 '엉킨 타래를 푼다'는 의미로, 얽히고 설킨 실타래를 풀어
진정한 가족의 의미를 찾아 나간다는 뜻을 담고 있습니다.
'가족 갈등'이라는 매듭에 묶여 길을 잃지 않도록,
더 아름답고 가치 있는 책을 만들고자 합니다.